U0024527

官商鬥法
之17
巨額利益
姜遠方 著

目錄 CONTENTS

求和訊息

傅華靈機一動，笑笑說：「我這次把女朋友也帶來了，想跟您一起吃頓飯，不知道您給不給我這個面子？」
金達知道傅華有把自己當做朋友的意思；
而且有女人在場，男人也比較不會撕破臉吵架，他這是在透露求和的訊息。

傅華接到了王尹的通知電話，無可無不可的說：「好吧，那我就回去吧。」

掛了王尹的電話，傅華開始準備回去的行程。在打電話通知鄭莉的時候，他忽然靈機一動，是不是乾脆邀請鄭莉一起回去海川呢？

雖然傅華在鄭莉面前一直說他對如何求婚已經有了主意，其實那只是在鄭莉面前說說而已，他並沒有想好如何給鄭莉一個浪漫的求婚，可是他又不想給鄭莉一個沒主張的男人的印象，只好先敷衍著再說了。

傅華並不是個很浪漫的人，一個浪漫的求婚對他來說，確實是一件很難的事情。可是這次要回海川，多少給了傅華一點靈感，也許帶鄭莉回到這個生他養他的地方，讓鄭莉感受他的成長過程，可以向鄭莉表現出他的真誠，再借機向她求婚。

傅華真心渴望能跟鄭莉在一起，尤其是當他在午夜一個人醒過來的時候，那時的感覺很孤單，他很希望這時候能有一個心愛的人在一旁陪伴他，問候他，給他倒上一杯熱水，讓他感受到家的溫暖。可是當時除了空氣，什麼都沒有。

傅華撥通了鄭莉的手機，他先要確定鄭莉是否有時間可以跟他回海川去。

鄭莉接通了，傅華說：「小莉啊，你最近可以放自己一個假嗎？」

鄭莉說：「你要幹嘛？」

傅華說：「我要回海川一趟，想問一下你願不願意跟我回去？」

鄭莉問：「有什麼特別的事情嗎？」

傅華笑笑說，也沒什麼特別的事情，就是希望你能陪我回去一趟。」

鄭莉想了想說：「什麼時候啊？」

傅華講了自己的行程，鄭莉說：「好吧，我安排一下，陪你走這一趟吧。」

傅華鬆了口氣，他設想的計畫很完美，可是如果鄭莉沒時間陪他回去，一切的計畫就只能是空想，不可能實現了。

傅華心中原本因為要回去面對穆廣和金達的不快不見了，開始計畫要帶鄭莉去什麼地方，哪些地方曾留過他童年的印跡，哪些地方又有他美好的回憶，他要讓鄭莉對他的過往有一個全面的感受，他渴望讓這個心愛的女子知道他的一切。

當然，傅華還要把鄭莉帶給母親看看，這是她老人家的兒媳婦，她生前不就渴望著看到兒媳婦嗎？

傅華忽然想到，他以前從沒想過要把這一切展現給趙婷看，甚至沒想過要把趙婷帶到母親的墳前給母親看看，這是為什麼呢？難道自己跟趙婷之間真的是感恩的成分居多嗎？還是自己愛趙婷沒有愛鄭莉這麼深？

也許是因為趙婷舉手投足之間總有大家千金的優越感吧，自己每每在她面前都有自慚形穢的感覺。而鄭莉就不同了，她雖然門第也很高，可是平易近人，讓人更可以親近，也讓傅華在她面前更感覺自在。

傅華在心中暗自搖了搖頭，人有時候就是會選擇錯誤的東西，幸好上天待自己不薄，肯給自己一個改過的機會，讓自己能夠跟鄭莉在一起。自己一定要好好珍惜這個難得的機會。

傅華的思緒已經飄到海川去了，他想著要如何向鄭莉求婚，也希望母親在天之靈可以助自己一臂之力，讓自己達成這個美好的心願。

出發之前，傅華給打張琳了電話，彙報了安德森公司要來海川談判的事情，張琳聽了很高興，表揚了傅華和招商局的工作做得很不錯。

傅華又請示張琳對和安德森公司的談判有什麼指示，張琳笑了笑說：

「我沒什麼指示，具體工作，你和招商局的同志遵照市政府的原則，大膽的去做就好了，到時候安排我和安德森公司的人做一次會面，上次來，他們跟我相處得很不錯，我們算是好朋友了，應該見見面的。」

傅華答應了下來，又跟駐京辦林東和羅雨兩個副主任打了招呼，說自己這次回海川有些私事要處理，可能要在海川多逗留些時日，讓兩人多負點責任，管理好駐京辦。

傅華就和鄭莉一起飛回海川。

到了海川，傅華先把鄭莉安排在賓館住下，然後去市政府見穆廣。雖然他很不願意見穆廣，可是穆廣畢竟是他的頂頭上司，按程序他是需要跟穆廣見面，看看穆廣對自己的工作有什麼指示。

到了市政府，傅華正要往裏面走，說巧不巧，金達的車子正好也到門前，車子停下來後，金達從車裏走了出來。這是兩人鬧翻之後首次見面，四目相對，兩人都有點尷尬。

傅華不好對金達視而不見，那樣顯得太沒有風度了，就稍微停了一下，等金達走過來。

傅華對金達打招呼說：「金市長好。」

金達也不好不理傅華，畢竟傅華對他還是有些功勞的，便不冷不熱的說：「從北京回來了？」

傅華點點頭，說：「剛回來，正要準備找穆廣副市長彙報工作。」

金達剛想問傅華彙報什麼工作，馬上又想到自己已經交代過傅華以後不要跟他彙報的事，就把到嘴邊的話咽了回去。同時，他也記起上次傅華越過市政府直接找張琳的事，心中就有些氣惱，便譏諷說：「現在要找穆廣副市長，這麼說，你已經跟張書記彙報完工作了？」

傅華看了金達一眼，心想：我以前怎麼沒發現這傢伙度量這麼小？他這麼跟我斤斤計較，不覺得格調太低了嗎？看來要充分認識一個人是需要時間的，時間會讓一個人把他的一切都暴露出來。

傅華笑了笑，他心中很坦然，便有些跟金達鬧著玩的意思，於是說：

「我剛回來，按照程序，就先來找分管領導穆副市長彙報工作了。怎麼，金市長認為我應該先去跟張書記彙報嗎？還是金市長有什麼特別的指示，需要我先去彙報給張書記啊？」

金達聽了，臉上紅一陣白一陣的，他乾笑一聲，掩飾了自己的尷尬，說：「我能有什麼特別指示給你啊，我是怕耽擱某些人往上攀附了。」

傅華心想：我這個人愛不愛攀附，你心裏不清楚嗎？我什麼時候在你面前要過官職嗎？不過這話他終究沒說出口，因為他已經看到金達剛才的尷尬，章旻提醒過他，跟頂頭上司鬧得太僵對工作並不利，自己還是不要逞一時口舌之利讓金達更難堪吧。再說，也許金達對自己的意見都是穆廣挑唆才造成的，穆廣更希望自己跟金達鬧得不可開交，自己千萬不要中了這種小人之計。

傅華就沒再針鋒相對，而是說：「那金市長如果沒什麼指示，我就去找穆副市長了。」

金達看了看傅華，也認為自己有些沒有風度。不過，他心中雖然有些歉意，卻開不了口道歉，便說：「好，你去吧。」

實際上，金達和穆廣在同一樓層辦公，兩人本來是同路的，可是這種態勢，繼續一起走，彼此都很尷尬。傅華便放慢了腳步，讓金達先走。

金達快步往前走著，很快就把傅華撂在了身後。傅華在背後看到金達比以往消瘦了很多的背影，忽然有一種感覺，自己是不是對金達有些過分了。

不管怎麼說，他們曾經是很莫逆的朋友，自己犯得上為了他對自己的一點譏諷，就對他懷恨在心嗎？自己非得對他咄咄逼人嗎？是不是應該先低下頭來，找個機會跟金達講和呢，畢竟金達是市長，是他的領導。自己當初破壞對二甲苯項目，金達對自己生氣也是一種正常的反應，畢竟那個項目利益太大，換做任何一個領導，對這麼大的項目被部屬搞砸，也是不可能不生氣的。

「金市長！」傅華在金達背後喊了一句，他想跟金達講和了。

金達停下腳步，回過頭看了看傅華，冷著臉說：「還有別的事情嗎？」

傅華笑笑說：「您什麼時候有時間，我想跟您聊一聊。」

傅華是想找個時間跟金達好好談一下，把對彼此的怨言都說出來，就算今後不能和好，至少也不會比現在這種尷尬的狀況更壞。

金達看了看傅華，猜測傅華想要跟他談話的目的。他是要講和嗎？不像，這傢伙到現在態度一直都沒什麼放軟的架勢，就是剛才還反言譏諷過自己呢！

金達猶豫著問：「你想跟我聊什麼？」

傅華被問住了，當著大廳裏來來往往的人，他總不好跟金達說自己是想要講和吧，那樣子，也會讓金達尷尬的。

傅華靈機一動，想到了這次是帶著鄭莉一起回來的，便笑笑說：「是這樣，我這次把女朋友也帶來了，想跟您一起吃頓飯，不知道您給不給我這個面子？」

金達知道傅華想跟自己聊的肯定不是女朋友，但是現在提到了女朋友，傅華就有把自己當做朋友的意思；而且有女人在場，男人也比較不會撕破臉吵架，他這是在透露求和的訊息。

金達在心中迅速的度量了一下形勢，他現在在海川的日子並不是太好過，特別是傅華跟他鬧翻之後，各方面的事情都進展不順。郭奎書記和呂紀省長對他都很不滿意，郭奎上一次很嚴厲地批評了他，雖然並沒有完全對他失去信任，可是他知道這種信任已經很脆弱了，如果再有什麼大的事件發生，郭奎對他的信任一定會崩塌的。

另一方面，張琳現在變得越來越強勢了，開始越界插手經濟事務，跟自己的關係也變得越來越僵，但他不敢跟張琳公開鬧翻。金達度量過自己在海川的人脈，發現他在海川的人脈其實很薄弱，他本來就是空降部隊，如果沒有郭奎的支持，他是沒有實力跟張琳抗衡的，尤其是在失去傅華這個朋友之後。

現在在金達身邊的，就只有穆廣了，可是金達並不信賴穆廣這個人，他本能的感覺到穆廣並不像他在自己面前表現出來的那麼好，他總覺得穆廣的背後還有一個人似的，而這背後存在的那個人，才是真實的穆廣。

綜合這幾方面，金達也覺得自己是應該和傅華好好談談了。

金達臉上露出笑容，說：「傅主任，你帶女朋友來，可是有點假公濟私啊？」雖然是責備的口吻，可是看得出來金達的態度已經緩和了下來，傅華便說：「這一次我是請了假的，準備談完公事之後，帶我女朋友好好看看海川。」

金達說：「我還沒見過你女朋友呢，好吧，等你工作結束後，打電話給我吧。」

金達這是接下自己拋出去的橄欖枝了，傅華很高興，總算有跟金達和解的機會了，他笑了笑說：「好，到時候我會給您打電話的。」

金達就轉身走了。傅華則去了穆廣的辦公室。

一見面，穆廣還是那麼熱情，說：「傅主任啊，這一次的談判還是得倚重你啊。」

傅華應付著說：「哪裡，主要工作還是市裡的同志在做，我只是配合一下而已。」

兩人就這麼客套的交談了一會，傅華得知穆廣並沒有什麼特別的指示後，就告辭離開了。

從穆廣辦公室出來，傅華打電話給王尹，告訴他自己已經到海川了，王尹要傅華趕緊過去，他有些事情要跟傅華商量。

傅華匆忙趕去招商局。王尹在辦公室見了他，秘書送上茶之後，王尹交代秘書，不要讓人來打攪他們，他有事要跟傅華商量。

關上門後，傅華說：「王局長，不用這麼緊張吧？」

王尹苦笑一聲，說：「老弟啊，這幾天我的頭都大了，這安德森公司明天就要來了，我們要怎麼迎接人家啊？」

傅華笑笑說：「該怎麼做就怎麼做吧，這有什麼難的？」

王尹苦惱地說：「本來不難，可是被你一搞複雜，事情就難了。原本這事是市政府在管的，可你上次驚動了張書記，讓我這次彙報也不好，不彙報也不好，左右為難啊。」

傅華笑笑說：「這不難吧？」

王尹說：「那你說怎麼辦？」

傅華說：「這件事既然歸市政府管，你先跟分管領導打個招呼，看他們要怎麼安排，他們決定怎麼安排之後，再來定奪要怎麼跟張書記彙報。」

王尹說：「說來輕巧，怎麼跟張書記彙報啊？」

傅華笑笑說：「張書記說，這次他要跟安德森公司的人見個面，所以市政府的行程決定後，我們再來安排張書記。」

王尹看看傅華，說：「這麼說，你已經跟張書記彙報過了？」

傅華點點頭，說：「對，我來之前已經跟張書記彙報過這件事情了。」

王尹鬆了口氣，他堅持讓傅華回來，就是想要傅華向張書記彙報工作，這樣就讓傅華把風險承擔了過去，避開了他左右為難的局面。

王尹說：「那就好辦了，那我們就分工合作，我負責向市裏彙報，你負責向張書記彙報。」

傅華心說：你真夠狡猾的，讓我來做這個得罪市政府的壞人，不過他也知道王尹的難處，越是這種不起眼的小事越是容易招惹上麻煩，領導通常會很在意跟誰彙報或者沒跟誰彙報，甚至會因此遷怒主事的官員。搞得下屬官員處理這種事情不得不慎之又慎，生怕走錯一步就會仕途堪憂。

相對來說，傅華覺得自己處理這件事情的空間比王尹大，便笑了笑說：「好哇，就按照你說的去辦吧。」

傅華又跟王尹談了些細節方面的安排，這才離開王尹的辦公室。

他正準備回賓館去陪鄭莉，手機響了起來，一看號碼，傅華的眉頭就皺了起來，原來是丁益。

這段時間他為了躲避關蓮帶來的麻煩，對丁益不太搭理，也很少跟丁益深談，沒想到他一回來，丁益電話就打了過來。

顯然丁益已經知道他回海川了，這個電話不接也不太好，便按了接通鍵。電話一接通，丁益就問道：「傅哥，你是不是對我有什麼意見？」

傅華心說：你現在才知道我對你有意見，你真是被關蓮那個女人迷暈了頭了。

傅華不想跟丁益糾纏下去，就說：「沒有哇，怎麼了？」

丁益納悶說：「我怎麼感覺有點不對啊，你接我的電話，口氣都顯得有些不耐煩，上次回來和離開，連跟我說都沒說，傅哥，你跟我說實話，是不是我做錯什麼，讓你生氣了？」

傅華不想跟丁益說是因為關蓮而生他的氣，反正說了這傢伙也不會聽的，便說：「沒有啦，是我最近諸事不順，情緒有些煩躁而已，不是你的問題。」

丁益不相信地說：「真的嗎？」

傅華說：「當然是真的了，我騙你幹什麼？」

丁益放下心中大石，說：「那就好，你沒生我的氣我就放心了。傅哥，晚上出來喝酒吧，我們哥們好久沒碰面了，見面好好聊一聊。」

傅華知道一見面，丁益又會大談關蓮，便說：「今晚還是算了吧，我剛回來，很累，想休息一下。」

丁益頓了一下，說：「要不明晚？」

傅華藉口說：「明晚不行，安德森公司的人明天就來了，晚上肯定會有餐會的，我怕走不開。這樣吧，你等我電話，我有時間就約你，好嗎？」

丁益說：「這樣啊？好吧，你可一定要找時間出來啊。」

傅華答應了。

掛了電話後，傅華就去海川大酒店，鄭莉已經在酒店休息了一下午，精神了很多，見傅華回來，便說：「你的工作忙完了嗎？」

傅華點點頭，說：「忙完了，就趕緊回來陪你了。」

鄭莉關心地問：「還順利嗎？」

傅華找到了可以跟金達化解矛盾的機會，心情不錯，於是笑著說：「出乎意料的順利，小莉，幸好這次帶你回來了。」

鄭莉笑說：「這關我什麼事情啊？」

傅華就講了借鄭莉為藉口，要跟金達談和的事情。

鄭莉聽了，說：「你這傢伙，原來帶我回來是早有預謀啊，你是不是早就計畫好了要利用我啊？」

傅華心說：倒是真的早有預謀，不過不是利用你去見金達，而是想跟你求婚的。不過求婚這一段目前可不能點破，便笑了笑說：「是呀，我早就想利用你展開夫人外交了，到時候你可要施展你的魅力，先迷住我們市長才行啊。」

鄭莉知道傅華是跟她開玩笑，笑罵道：「滾一邊去吧，沒見過你這種男人，竟然利用自己的女人往上爬。」

傅華笑說：「你承認是我的女人了？」

鄭莉嬌嗔說：「又被你這傢伙佔便宜了，我都被你騙到這來了，不承認也不行啊。好，回頭我一定好好的施展魅力，去誘惑你們市長，讓你們市長對我俯首貼耳的，這下你滿意了吧？」

傅華說：「你敢，你是我的女人，只准對我一個人施展魅力，要迷也只能迷我一個人，我可不想你去誘惑別的男人。」

鄭莉故意說：「我就去，看你能拿我怎麼辦？」

傅華一把把鄭莉摟進了懷裏，笑著說：「我讓你看看我能拿你怎麼辦。」說著，就深深地吻了下去。

鄭莉開始還掙扎著想要躲開，可是她被傅華有力的臂膀緊緊地箍在懷裏，怎麼躲也躲不開，最終還是被傅華吻住了嘴唇，她稍稍抗拒了一下，情欲就被挑起，渾身躁癢起來，嬌軀扭動著。

一種窒息的感覺，空間、時間、周邊的一切事物似乎都不存在了，兩人都緊緊地摟住對方，渴望著把對方揉進自己的身體裏……

咚咚咚，有人殺風景的敲著門，兩人從忘情中驚醒，鄭莉趕緊推開了傅華，傅華惱怒地看了看門，嘟囔道：「誰這麼討厭啊？」

鄭莉撲哧一聲笑說：「乖，快開門去。」

傅華只好去開了門，鄭莉在後面忙著整理被傅華弄得不整的衣衫。

打開門，傅華愣了一下，門外站著的竟然是丁益。

傅華有些不高興，這傢伙還真是纏人，都跟他說今天晚上不行了，他還找上門來，什麼意思啊？

傅華的眉頭皺了起來，剛想說丁益幾句，丁益卻陪著笑臉先開口了：

「傅哥，你先別生我的氣啊，不是我要來打攪你，是我父親知道你回來了，非要我來請你過去聚一聚的。我剛才聽酒店的人說，你把女朋友帶來了，快讓我看看嫂子漂不漂亮？」

丁益說著，就探頭往屋內看。

鄭莉已經聽到丁益說的話，便走了過來，說：「傅華，這你朋友？」

傅華不好再橫在中間，就讓了開來，說：「這位是丁益，海川天和房地產的總經理。」

鄭莉落落大方地伸出手來跟丁益握手，說：「你好，我叫鄭莉。」

丁益笑說：「你好，嫂子，你好有氣質啊。」

鄭莉開玩笑說：「有人說，男人見了不漂亮的女人，都會稱讚對方很有氣質，是不是丁先生認為我不夠漂亮啊？」

丁益忙搖手說：「嫂子，我可沒這個意思，我不是說你不漂亮，而是感覺到你身上有一種脫俗的氣質，已經遠遠不是漂亮可以形容的了。」

鄭莉對傅華說：「你這位朋友真是會說話。」

丁益說：「沒有啦，我是真的這麼感覺的。嫂子，家父想請傅哥過去坐一坐，你看是不是能賞個臉，跟傅哥一起過去呢？」

鄭莉看了看傅華，傅華知道既然丁江都出面了，這頓飯是推不掉了，於是說：「好吧，我們去就是了。」

丁江把宴會就設在海川大酒店，丁益帶傅華和鄭莉下樓去餐廳時，丁江已經在雅座裏等候了。

傅華介紹鄭莉給丁江認識，丁江跟鄭莉互相問好之後，轉頭對傅華說：「老弟啊，能找到鄭小姐這樣的女朋友，你好眼光，好福氣啊。」

傅華笑笑說：「丁董太誇獎她了。」

眾人入座後，傅華問候說：「丁董最近身體不錯吧？」

丁江笑笑說：「不錯啊，我現在悠閒得很，公司的業務都放手給丁益去做，我整天就是釣釣魚，健健身之類的，這次聽說你回來，想起有些日子沒跟你聚一聚了，所以找你來聊聊。只是沒想到你還帶著女朋友回來，似乎有些打攪你們了。」

鄭莉忙說：「丁董真是愛說笑，打攪什麼，您是傅華的長輩，傅華理應過來看您的。」

丁江在心中暗自點了點頭，鄭莉這個女孩子，氣質出眾，應對得體，一看就有大家閨秀的風範。傅華這人果然不凡，做什麼事情都很到位，連找女朋友都這麼有眼光，丁益如果在這方面能趕上傅華就好了。

說起丁益也是的，這一次也不知道怎麼了，竟然惹到傅華不搭理他，還找到自己出面打圓場。只是現在有女孩子在場，好多話就不太方便說了。

原來丁益見一再邀請傅華，都被傅華拒絕，便明白事情不像傅華所說的那樣簡單，傅華一定是生他的氣了，而且這口氣至今還沒消，所以拒絕跟他見面。

丁益不知道究竟發生了什麼事讓傅華這個樣子，他很珍惜跟傅華的這段友誼，只好找丁江，讓父親出面邀請傅華，想當面問個清楚，看究竟是哪裡讓傅華誤會了，以消除彼此的芥蒂。

傅華在一旁也說：「是啊，丁董，您跟我就沒必要這麼客氣了。」

丁江笑笑說：「應該的，你老弟給我們丁家的幫助太多了，我們父子心中都很感激。」

傅華說：「丁董，您這話有點超過了，當初我也只是做個仲介的工作而已，您別老放在心上。」

丁江說：「這是一定要的。老弟啊，你的能力我很清楚，天和的事我都交給丁益了，你和他是好朋友，以後你還要多幫幫他，他有什麼做得不好的地方，你該罵就罵，他如果不聽，你跟我說，我讓他給你道歉。」

傅華在來之前，就大概猜到丁江一定是被丁益拖來幫忙打圓場的，丁江說這些話，明顯是借機來跟他道歉的，他看了丁益一眼，然後對丁江說：「丁董，您也太看得起我了。」

傅華話雖然說得很客氣，丁江卻聽出來傅華並沒有要原諒丁益的意思，傅華的客氣只是給他面子而已，心中越發疑惑。

他很瞭解傅華的個性，知道他並不是一個斤斤計較的人，為什麼自己都出面打圓場了，傅華還不肯原諒丁益呢？丁益究竟是做了什麼才讓傅華這樣呢？

不過，丁江知道這個話題只能點到為止，不適合在鄭莉面前聊下去，正好菜也上來了，就介紹菜品給鄭莉聽，然後領著鄭莉和傅華開始吃了起來。

吃了一會之後，丁江看了看傅華，說：「老弟啊，我聽說你今天在市政府跟金市長聊了一會兒，是不是你們和好了？」

傅華笑說：「海川這地方真是小啊，才剛發生的事情，丁董就知道了？」

丁江笑笑說：「這世界本來就不大嘛，再說，這事情關係到海川的二把手，自然是傳得飛快。前段時間有關你和金市長之間的矛盾，在海川傳得是沸沸揚揚，我很為你擔心，你跟頂頭上司鬧得那麼不愉快，就算你占了上風，以後的關係也不好處理的，更何況，這種狀況一般總是做部下的吃虧。今天一聽你跟金達市長和好了，我也替你鬆了口氣。」

傅華說：「其實還沒有完全和好，我們只是約好要找個機會好好聊聊。」

丁江說：「能聊聊就行了，我感覺金達並不是一個心機陰沉的人，他很講原則，話說開了，誤會就消除了。」

傅華說：「我也是這樣子認為，所以也想早點把誤會解釋清楚。」

丁江點點頭，說：「早點消除誤會是對的，這樣子也可以避免某些人從中上下其手，挑撥你們之間的關係。」

傅華聽了，笑說：「丁董這是意有所指啊。」

丁江笑說：「是啊，在老弟面前我也不遮遮掩掩了，我告訴你我在擔心誰。」

傅華說：「讓我猜一下，是穆廣吧？」

丁江點點頭，說：「老弟是聰明人，讓你猜對了。雖然這個穆廣來我們海川之後，各方面表現都很不錯，很親民，也很廉潔，可是我總有一種感覺，這些都是他刻意表演出來的，骨子裏他是一個什麼樣的人，真是讓人捉摸不定。這種人才是真正可怕的傢伙，因為你不知道他究竟在想些什麼。」

丁江果然是老江湖，對海川政局有他獨到的觀察，而且入木三分的抓住了各個市領導的本質，這讓傅華也不得不佩服，這老頭雖然是半退休狀態了，可是對時局還有著很好的認識，可惜他沒有把這個本事傳給丁益。

傅華饒有深意的看了丁益一眼，然後對丁江說：

「丁董，我很贊同您的看法，我也覺得這個穆廣很難對付，我很想儘量遠遠地避開他。您對局勢的把握十分精準啊，難怪天和在您手裏能夠發展的這麼好，我相信有您給天和掌舵，天和公司一定能走得更長遠。」

傅華雖然是在稱讚丁江，但實際上這些話是說給丁益聽的，他想勸丁益離關蓮遠一點，免得將來招惹不必要的麻煩，只是丁益一直在悶著頭吃菜，對傅華的話似乎並沒有聽進去。

傅華心中暗自嘆了口氣，他對丁益這種怎麼點也點不醒的人也無可奈何了。

傅華話中有話，讓丁江似乎感覺到了什麼，這個敏銳的老人從傅華的話中察覺到丁益和傅華之間的矛盾似乎跟穆廣有關。可是丁益又怎麼跟穆廣扯上了關係呢？丁江百思不得其解。

不過目下不是深究其中原因的時候，丁江笑了笑，對鄭莉說：「鄭小姐，聽我們說這些官場上的事，是不是很無聊啊？」

鄭莉笑說：「還好，我也沒專心去聽，您安排的菜真是很好吃，我的心思都在菜上呢。」

丁江說：「好吃就多吃一點。」話題就轉到了吃上面去了。

酒宴結束後，丁益將傅華和鄭莉送到了房間門口，說：「兩位好好休息，我先回去了。」

傅華看了看丁益，說：「你先等一下，我有話對你說。」

傅華讓鄭莉先回房間，等鄭莉進了房間，傅華忍不住又勸丁益，說：「丁益啊，丁董今天說的話你也都聽到了，我想你應該知道怎麼去做了。」

丁益眉頭皺了起來，說：「傅哥，我知道你的意思，可是你知道，男女之間的事情不可能像一加一那麼簡單的。」

傅華明白丁益還是難捨關蓮這個女人，他看了看丁益，說：「老弟啊，我的話你現在聽不進去，可是我還是要再說一次，你還是離那個女人遠一點吧，你這是在玩火，我和你父親都認為穆廣這個人不好對付，如果這件事讓穆廣知道了，怕是你們天和公司也要跟著遭殃的。你年紀也不小了，作為一個男人，你該知道孰輕孰重。」

丁益苦笑說：「傅哥，這些道理我也知道，可是就是很難下定決心。我不知道我怎麼了，就是難以抑制的想要她，我現在也很苦惱。」

傅華說：「是不是她纏著你不放啊？」

丁益搖搖頭說：「那樣子就好了，她如果纏著我不放，我反而會心生厭煩，現在情況是反過來，我能見到她的機會很少，只有她想見我的時候才會出現，就是出現，也是短暫的相聚個把小時，就馬上閃人了。」

傅華知道這種情形才是更麻煩的，男女之間如果天天黏在一起，很容易因為新鮮感喪失而心生厭倦，像這種欲斷還連的狀況，反而會一直纏夾不清。

傅華無奈地說：「丁益啊，斷或不斷只有你自己才能決定，你慎重考慮吧。我猜測你父親已經看出些端倪了，他如果問我，我會把這件事情告訴他的。」

丁益慌了，說：「傅哥，千萬別，你不能告訴我父親。」

傅華說：「我告訴他也是為你好啊。」

丁益央求說：「傅哥，你給我一段時間，讓我自己處理好不好？你放心，我會處理好的。」

傅華說：「丁益啊，你這是何苦呢？」

丁益說：「你沒有身在其中，你不明白我的心情。」

傅華說：「當斷不斷，必受其亂，我可告訴你啊，不要以為穆廣對你們的曖昧一點都不知道啊。」

丁益愣了一下，看著傅華問道：「傅哥，你是說穆廣知道這件事了？」

傅華說：「確切知不知道我也很難說，只是前些日子穆廣警告過我，不要對外人說他跟關蓮的事，我認真回想過，我只有在你面前說過關蓮跟穆廣之間的關係，所以我猜測穆廣可能是察覺到了什麼。」

丁益想了一下，然後說：「對不起啊，傅哥，是我不好，我曾經質問過關蓮有關於她和穆廣之間的關係，如果穆廣知道你對外人說過他和關蓮的關係，可能也是從這裏知道的。」

傅華沒好氣的瞪了丁益一眼，說：「你就出賣我吧。」

丁益低下了頭，說：「對不起啊，我也沒想到關蓮會把這件事情跟穆廣說。」

傅華說：「算了吧，反正你們的事我也不想管了，我希望你以後也不要再在我面前提這個女人，不然的話，我們連朋友也沒得做了。」

丁益說：「好吧，傅哥，我不會再在你面前提這個女人的。」

傅華說：「你好自為之吧。」

丁益就回去了。

傅華敲了敲鄭莉的門，鄭莉開門讓傅華進去，說：「你跟他說什麼了？」

傅華說：「也沒什麼，一些說不清楚的爛事。小莉啊，讓你跟我這麼應酬是不是很累啊？」

鄭莉笑笑說：「不累啊。誒對了，你明天要做什麼啊？」

傅華說：「明天安德森公司的人就來了，我要參加接待工作，可能會很忙，沒時間陪你了。」

鄭莉說：「哦，是這樣啊。」

「你明天想做什麼？」傅華問。

鄭莉說：「原本我想讓你陪我去你在海川的家，看一看你以前的生活環境。」

傅華說：「還是不要了吧？我很久沒回去了，那房子久沒住人，現在裏面一定很髒。」

鄭莉撒嬌說：「我想去看看嘛，我待在賓館也很悶，再說，很髒的話，我會打掃啊。」

傅華笑說：「我怎麼捨得讓你去打掃那麼髒的屋子啊。」

鄭莉說：「你不會以為我是什麼千金小姐，什麼活都不會幹吧？我可跟你說，自小在爺爺家，我就常幫忙做家事，可不是嬌生慣養的。」

傅華說：「那也沒有第一次到我家裏就幫忙打掃的道理，這樣吧，我先找鐘點工收拾一下，然後你再去看，行嗎？」

傅華很高興鄭莉想看看他在海川的老家，這說明鄭莉想瞭解他的一切，只有一個深愛著對方的人，才會對對方的一切都感興趣。

鄭莉笑了笑說：「好吧，就聽你的。時間不早了，你明天還有很多事情要忙，回房休息吧。」

傅華點了點頭，吻了一下鄭莉，然後便回房了。

三角關係

關蓮認真地思考，覺得因為有丁益的存在，她才能接受穆廣對她的佔有。
也因為穆廣，她才有機會能認識丁益；否則她還只是一個夜總會小姐。
老天爺這種安排還真是有趣，讓這種曖昧的三角關係詭異的共生著。

早上，傅華打電話給丁益，讓丁益幫他找人打掃在海川的房子，丁益過來拿了鑰匙，便找人打掃房子去了。

傅華隨後去跟王尹碰面。

王尹說穆廣還是不肯出面接待安德森公司的人，傅華見狀，就打電話跟張琳作了彙報，請示張琳是否要出面為安德森公司的人接風。張琳問了秘書自己的行程，答應出面給安德森公司接風，王尹和傅華趕緊做好安排，然後去機場接安德森公司的人。

這一次，安德森公司的CEO湯姆並沒有來，他派了公司的一個副總出面，傅華和王尹就先送他們去海川大酒店住下來，讓他們稍事休息。

客人安頓好之後，傅華暫時沒什麼事情，正好丁益已經找人打掃好房間，把鑰匙送了回來，傅華就帶著鄭莉去海川的老家。

房子很久沒住人，傅華和鄭莉一進門，就感覺到一絲冷清。

丁益找的人打掃得很仔細，倒是窗明几淨。看到這熟悉的一切，傅華塵封的記憶完全被打開了，他的眼睛濕潤，眼前浮現出母親躺在床上的樣子，面容顯得很清瘦，可是臉上還是帶著那種淡然的笑容看著自己，似乎在跟自己說：「華兒，你回來了。」

這幾年，傅華每次回來，都不敢回這裏住，因為他不想再被喚起母親生前的記憶，實際上是不敢面對失去母親的傷痛。

如今傅華再次回到這裏，母親的印象還是那麼的鮮活，可是他的心已經是飽經滄桑了。他心中浮起了一陣淡淡的哀傷。

鄭莉沒有察覺到傅華的哀傷，她走到牆上掛著的相框面前。裏面的照片整齊的放在那裡，有如傅華塵封的記憶被固定在那裡一樣。她從相框裏尋找感興趣的影像，笑著問道：「傅華，這就是你小時候的樣子啊？好好玩啊。」

傅華看了看，相片很久了，還是黑白的，已經發黃，上面是全家人的合影，父親的形象已經有些模糊，看不太清楚了，母親還是那樣笑著，望著傅華。照片上的他天真的看著鏡頭，有些不知所措的樣子。

鄭莉的目光很快又轉到下一張上面，這張照片裏的傅華，已經是幾歲的模樣，手裏揮舞著玩具寶劍，一副很威武的樣子。

鄭莉笑著說：「想不到你小時候還很調皮啊。」說完，轉頭去看了看傅華，才注意到傅華的臉色蒼白，眼睛裏有淚花閃現。

鄭莉趕緊握了握傅華的手，說：「怎麼了？勾起你的傷心事了？」

傅華苦笑了一下，說：「我想起了我的母親，當初我是為了逃離這種思念的痛苦，才會到北京做什麼駐京辦主任的，可現在我發現，我還是很想念她老人家。小莉啊，我這種男人是不是很沒用啊？」

鄭莉笑笑說：「多情未必不豪傑，每個人心底都有他最柔軟的一面，我不覺得你沒用啊，倒覺得你更可愛了。」

傅華聽了，情緒好了很多，握著鄭莉的手說：「幸好有你在我身邊。」

傅華又帶鄭莉去看他住的房間，鄭莉饒有興趣地問東問西的，時間不知不覺的過去，眼見就是中午了。

鄭莉看看傅華，問道：「這裏還可以煮飯嗎？」

傅華說：「有一個電磁爐，只是這麼多年沒用了，不知道還能不能用？」

鄭莉高興地說：「那我試一試。」

傅華去廚房試了一下，居然還能用，鄭莉興奮的拖著傅華，說：「走，陪我去買菜，我做飯給你吃。」

傅華有些不放心，說：「你行嗎？」

鄭莉說：「什麼叫我行嗎，把那嗎字去掉。」

傅華就帶鄭莉去超市，兩人採購了不少食材，又買了些油鹽醬醋。由於靠海，有很多新鮮的海鮮，兩人又買了些螃蟹、蛤蜊，再帶了一瓶紅酒回家。

回來放下東西後，鄭莉指揮著說：「分工合作，你負責海鮮，我負責青菜。」

由於食材都是新鮮採買的，經過簡單的蒸煮處理之後，一頓大餐就順利完成了。

一種久違的居家感回來了，自從趙婷去了澳洲，傅華已經很久沒吃到家常飯菜，他覺得鄭莉炒得青菜特別的好吃，美味甚至勝過了他煮的海鮮。

鄭莉也吃得很高興，說：「這可比飯店做的好吃多了。」

兩人吃完後，都有些意猶未盡的感覺。

傅華很享受這種家庭的氛圍，特別有一種幸福的味道，他握住了鄭莉的手，凝視著她的眼睛，說：「小莉，我覺得這樣子跟你在一起真是很幸福，嫁給我吧。」說著，便跪在鄭莉面前，拿出了一枚鑽戒。

戒指他一直隨身帶著，可惜沒有玫瑰在身邊。

鄭莉感動地說：「傅華，這就是你設計的浪漫求婚嗎？」

傅華說：「我這次帶你回海川，原本是想設計一個浪漫求婚的，但是你也知道，我這個人不夠浪漫，這對我來說很困難。只是在這一刻，我感覺到我們在一起無比幸福，我願意用一生一世來維護這種幸福，希望你能給我這個機會。」

鄭莉甜蜜地說：「浪漫並不是一定要什麼鮮花儀式，一生一世的相守也是一種浪漫！你可要記住你剛才說的話啊。」

傅華說：「這麼說，你答應了？」

鄭莉笑了笑，沒再說什麼，只是伸出手來，讓傅華給她把鑽戒戴上。

傅華因為興奮，手竟然有些微微地顫抖，就這樣顫抖著給鄭莉戴上了戒指。然後他站起來，把鄭莉緊緊的擁進了懷裏。

兩人又甜言蜜語了好一陣子，因為傅華晚上還有工作，這才不得不離開。

傅華把鄭莉送回賓館，自己去跟王尹會合，先接了安德森公司的人前往宴會餐廳，過一會兒，張琳也到了。由於安德森公司有些人上次來過，也熟悉張琳，彼此都很熱情。

這次宴會沿襲了上次為安德森公司送行的風格，精緻簡單，賓主盡歡而散。

結束後，傅華準備送張書記離開。

張書記上車後，搖下了車窗，笑著說：「傅華啊，我看你一晚上似乎都很興奮，是不是有什麼好事啊？」

傅華笑笑說：「沒有啊，就是高興這一次接待很順利。」

傅華不是不想告訴張琳自己求婚成功的事情，而是覺得這是個人的私事，跟一個市委書記說這些有點不太合適。再者他跟張琳雖然關係不錯，但也還沒發展到像以前跟曲煒那樣很親密的程度，這也讓傅華不想多說什麼。

張琳開玩笑說：「你這傢伙，不跟我說實話啊，我聽說你這次把女朋友也帶來了，怎麼不帶給我看看啊？」

傅華沒想到張琳對他的行蹤這麼清楚，隨即笑了笑說：「也不是啦，主要是現在工作還沒完成，所以還沒想過這件事情。」

張琳笑說：「工作重要，可是也不要冷落了女朋友，你要兼顧好啊。」

傅華點點頭說：「我會的。」

張琳便說：「等談判結束後，我請你跟你女朋友一起吃頓飯吧。」

傅華不好不答應，只好笑笑說：「那謝謝張書記了。」

張琳離開後，傅華若有所思的往回走著，他有些搞不清楚張琳邀請鄭莉吃飯的意圖。現在事情有些複雜了起來，原本他為了跟金達緩和關係，主動提出要帶鄭莉跟金達吃飯，現在張琳也說要請鄭莉吃飯，這其中是否有拉攏的意味？

另一方面，金達和張琳之間早有不合，萬一金達知道了自己也帶著鄭莉跟張琳吃飯，又會是什麼想法，這會不會讓他跟金達有些和緩的關係再次惡化呢？自己又該如何安排才能避免這種狀況？

此外，張琳是不是因為知道鄭莉的背景，才說要請她吃飯的呢？如果是這樣子，會讓鄭莉很尷尬，她一向是不喜歡應酬這些政壇人物的。

傅華想不出個所以然來，不覺走到了鄭莉的房門前，他敲敲門，鄭莉開了門。

傅華說：「你還沒睡啊？」

鄭莉點點頭，說：「我正在看書呢，你晚上喝了不少吧？一股酒味。」

傅華笑了笑說：「也沒喝多少，美國人喝酒很有節制的。你看在什麼書呢？」

傅華拿過鄭莉正在看的書，是一本法國時裝雜誌，他笑說：「你在研究法國時裝啊？」

鄭莉說：「也沒有，只是想等你回來，閒著沒事隨便翻翻而已。」

傅華頓時有一種溫馨的感覺，這個世界上又有人牽掛他了，他拉起鄭莉的雙手，深情地說：「小莉，我真高興你能答應我的求婚。」

鄭莉靜靜的靠在傅華的懷裏，兩人都感到一股幸福的暖流在心中流淌，傅華越發摟緊了她。

鄭莉只穿著一身柔軟的睡衣，傅華可以感覺到她的曼妙身材，美女在抱，讓他壓抑了很久的欲望被激發了出來，熱血也開始膨脹，此刻他有一種渴望真正徹底擁有鄭莉的衝動。

不行，不能這個樣子，如果這時候占有鄭莉，對她是一種褻瀆，自己不能這個樣子，要趕緊離開。

傅華輕輕推開了鄭莉，說：「很晚了，你休息吧，我回房間去了。」

鄭莉拉了一下傅華的手，她在傅華懷裏其實也是動情的，渴望得到情郎的愛撫，傅華此刻說要離開，讓她心中有些不捨。何況傅華今天已經向她求婚了，說起來，兩人算是互許終身了，便略帶羞意的說：「你一定要回房間嗎？」

傅華心頭一陣狂喜，鄭莉這是在暗示他留下來啊，這可是他盼望已久的，他終於可以把鄭莉擁為己有了。

幾乎在同一時間，穆廣應酬完，偷偷溜到了關蓮的住處，關蓮知道他要來，沒有睡，躺在床上等著他。

穆廣簡單沖洗了一下，就鑽進被窩，幾下便把關蓮身上的衣物撥了個精光，開始動作了起來。

關蓮早已習慣穆廣的粗魯，她越來越把和穆廣的這種關係當做一種工作，既然是工作，就只是一種賺錢的方式，只要取悅老闆就可能賺更多的錢，因此她會極力去取悅穆廣，只要穆廣舒服，她就算是完成了工作。

但是工作之後的大部分空閒時間，特別是穆廣不在的時候，關蓮心裏感到十分空虛，她甚至會想，這種日子什麼時候才是個盡頭？如果穆廣厭倦她了，又該怎麼辦呢？

她不敢多想，深想下去，她就會有一種強烈的恐懼感，她不敢想像自己的未來會是什麼樣子。花花世界上有大把的美女，一旦她青春不再，可以取代她的大有人在。那時自己人老珠黃，下半輩子該怎麼過啊？

每當想到這些時，關蓮就特別渴望去跟丁益幽會，她想用丁益年輕的身體填滿她恐懼的深淵，可是每每跟丁益歡愉之後，她卻會陷入更深的空虛和恐懼之中，讓她更加渴望再次跟丁益的歡愉。

關蓮知道這是在飲鴆止渴，可是她難以控制自己的思想，甚至難以控制自己的身體，一想到丁益，她的身體就會從最深層泛起一陣陣潮水，這潮水漫過她的全身，漫過她的口鼻，讓她窒息，無法呼吸，必須讓丁益給她疏導，才能讓她再度活過來。

現在她雖然迎合著穆廣的每一個動作，但是她的心早就飛出了這間屋子，飛到了丁益身邊，她開始想著要如何跟丁益魚水和諧，好去掉她對穆廣的厭煩。

有時關蓮靜下心來，認真地思考她和穆廣、丁益這種三角關係，她越覺得丁益是上天派來幫助她這個苦命女人的，因為有丁益的存在，她還能調適自己的心情，接受穆廣對她的佔有。

也因為穆廣，她才有機會能認識丁益；如果穆廣不存在，她可能還只是一個夜總會的紅牌小姐，就算丁益見到她，也會對她退避三舍的。

老天爺這種安排還真是有趣，祂讓這種曖昧的三角關係詭異的共生著。

沒多久，關蓮才剛感覺到自己的身體被帶動的時候，穆廣長哼了一聲，就軟倒在她的身上，關蓮心裏暗罵穆廣沒用，但還是主動地給穆廣擦拭著汙物，一邊等著穆廣酣睡過去。

但是今天有點反常，往常穆廣發洩完之後，不一會兒就會鼾聲如雷，像豬一樣睡過去，可是今天穆廣卻有些煩躁的嘆了口氣，並沒有馬上就睡去的意思。

關蓮知道，她這時候應該扮演一個關心者的角色了，這也是她當初能把穆廣收到石榴裙下的重要因素之一。

她看了看穆廣，輕聲問道：「哥哥，你怎麼了，是不是工作太累了？」

穆廣嘆了口氣，說：「也不是啦，有些煩心事。」

關蓮說：「還有什麼事情能讓你煩心啊？你可是海川市的副市長，敢惹你的沒幾個吧？」

穆廣煩躁地說：「你不懂的。」

關蓮陪笑著說：「我不懂，哥哥你可以講給我聽啊，也許我能幫你想想主意呢？」

穆廣笑說：「寶貝，我煩的事情都是些官場上的鬥爭，這些你根本就沒接觸過，說給你聽也是沒用的。」

關蓮體貼地說：「就算沒用，你說出來心裏也會舒暢些。我們這種關係，你和我就是一體的，你心裏不高興，我心裏也不會好過。」

穆廣伸手扭了一下關蓮的臉蛋，說：「你總是這麼善解人意。好吧，我講給你聽。我是在心煩那個駐京辦主任傅華的事。」

一聽到傅華的名字，關蓮又緊張了起來，上一次她因為丁益提到傅華在他面前揭了她的底，她便故意在穆廣面前說傅華的壞話，想要穆廣懲治傅華。

穆廣當時確實很震怒，說要教訓一下傅華，不過事後也沒見他有什麼具體的動作，此刻穆廣又提到傅華，她很想知道是不是與自己上次說的事情有關。

關蓮看看穆廣，說：「哥哥，這個傅華又怎麼惹到你了？」

穆廣氣說：「這傢伙越來越難鬥了，上次他搞砸了對二甲苯項目後，金市長和我都一致認為該想辦法教訓他一下，我們就商量了，由我去找順達酒店的老總，讓他們提出更換掉傅華海川大廈董事長的職務。」

關蓮說：「這主意很好啊。」

穆廣嘆說：「是很好，可是沒料到傅華跟順達酒店的關係很鐵，順達酒店的後臺也很硬，竟然找了省委書記郭奎，郭奎把金市長好一頓訓，還讓我去跟順達酒店道歉，弄得我和金市長都很沒面子。」

關蓮聽了說：「哥哥，你就為這個煩惱啊？沒事的，你前面不是還有一個金市長在頂著嗎？倒楣也是他先倒楣，你怕什麼？」

穆廣苦笑了一下，說：「關鍵是金達的態度似乎發生了變化，他可能又要轉向傅華這個王八蛋那邊了。」

原來傅華和金達在市政府的那番談話，很快就傳遍了海川政壇，人們都猜測著金達和傅華的關係很可能發生大逆轉，金達要跟傅華和好了。這個消息也傳到了穆廣的耳朵裏，讓他立刻產生了危機感。

穆廣已經察覺到傅華早就看穿了他的偽裝，對他很敷衍，這樣一個人如果跟金達和好，那他以前在金達面前說的很多關於傅華的壞話，很快就會被拆穿，這會給金達造成一個很惡劣的印象。

穆廣基本上有些看不起金達，認為他是空降部隊，在海川沒什麼人脈根基。如果金達再次跟傅華走到一起，金達就可以借助傅華的力量，收編曲煒的人馬，重新在海川樹立起自己的威信。這是穆廣最不想看到的情形。

穆廣希望金達能夠一直孤立下去，只有這樣，金達才會更加倚重他，他也才可以利用金達，在海川政壇呼風喚雨。所以一聽到傅華跟金達和好的消息，穆廣的情緒馬上就變壞，他急欲找出破壞兩人和好的機會，可是想了半天，也沒想到什麼好辦法。

他本來想藉關蓮忘掉這些煩惱，卻因為受這件事的影響，在關蓮身上也變得有心無力起來，不得不隨便應付關蓮幾下，草草了事，讓他變得更加沮喪。

穆廣把事情大概地說給了關蓮聽，關蓮一聽穆廣不但整不了傅華，反而還可能被傅華整到，心頭不由得惱火了起來，她很恨傅華干涉自己跟丁益的往來，巴不得穆廣能好好教訓一下傅華，沒想到傅華還可能更加威風，這怎麼能令人不惱火？

不行，不能讓傅華這麼猖狂，關蓮心中在暗罵穆廣沒用的同時，也在動腦筋，想主意要去對付傅華。

很快關蓮就有了主意。

關蓮問穆廣：「哥哥，你說這次傅華是帶著女朋友回來的？」

穆廣說：「對啊，這傢伙狡猾就狡猾在這裏，他想藉著女朋友，創造機會跟金市長接觸。金達也是糊塗，聽到女人就心軟了，才上了他的當。」

關蓮笑說：「哥哥，那你知道傅華跟女朋友住在哪裡嗎？」

穆廣回說：「知道啊，他們住在海川大酒店。」

關蓮曖昧地說：「那哥哥你說，他們倆孤男寡女的，是會住一間房呢，還是各住各的？」

穆廣愣了一下，說：「這就很難說了。」

關蓮笑說：「哥哥，這還用說嗎？熱戀當中，乾柴烈火，誰會傻到各住各的？」

穆廣不解地說：「他們就算住一起也沒什麼啊，男未婚女未嫁，也不犯什麼錯，你問這些幹什麼啊？」

關蓮笑笑說：「可是有警察去臨檢就難看了吧，他們還沒結婚，被抓到了，就很難說清楚了吧？就算最後搞清楚是誤會一場，經過這麼一鬧，傅華和他女朋友是不是也就沒心情去見金達了呢？」

穆廣聽了，馬上就明白關蓮是打什麼主意了。她是想讓警察藉著掃黃的名義去賓館臨檢。如果他們兩人在幹什麼，正好抓著正著，還可以借機把他們帶去警察局羞辱一番，如此一鬧，傅華的女朋友肯定會感到顏面掃地，會不會繼續待在海川都很難說，更別說去跟金達見面了。

這個主意太好了，更絕的是，自己恰好跟城區分局的一個副局長關係很好，可以讓他安排來做這件事。

穆廣臉上浮起了一絲惡毒的微笑，心說：傅華啊，這次你總算是撞到我手裏，就別怪我心狠手辣了。

當傅華被一陣劇烈的拍門聲驚醒的時候，他還一度搞不清楚狀況，以為自己是在夢中。可是響聲越來越真切，他終於明白不是在夢中，而是真的有人在拍打他的房門，他有些不耐煩的問道：「誰啊？」

門外有人叫道：「我們是城區公安局東南大街派出所的，快開門！」

傅華呆了一下，警察找自己什麼事情啊？

他抓起了件衣服隨便穿上，打開門，就見門外站著三名警察，他不滿地說：「你們這麼晚找我幹什麼？」

警察並沒有回答傅華的問話，反而推開傅華就往房間內衝，進房間後，又開始在衛浴間、床下四處搜尋著。

傅華住的是普通的標準間，空間很小，能藏人的地方幾乎是一目瞭然，警察很快就找遍了，自然是什麼都沒找到。

傅華不禁問道：「你們到底在找什麼啊？」

員警們面面相覷，其中一個為首的警察說：「對不起先生，有人舉報這裡有賣淫嫖妓的行為。」

傅華一聽，就知道被人算計了，他沒跟員警多說什麼，立刻衝出房間，趕緊前往鄭莉的房間而去。

鄭莉的房間和傅華隔得不遠，傅華衝了過去，果然見到鄭莉的房門打開，鄭莉一臉驚慌的站在門口。

他連忙將鄭莉攬進懷裏，說：「小莉，沒嚇到你吧？」

鄭莉何曾見過這種場面，靠在傅華的懷裏，嬌軀微微發著抖，她抬頭問傅華：「到底怎麼回事啊？怎麼會有警察突然闖上門來？」

傅華抱緊了鄭莉，說：「沒事，有我在沒事的。」

有傅華在身邊，鄭莉的心慢慢安定了下來，不再慌張。

傅華此時暗自慶幸當時自己把持住了，沒有因為鄭莉留他，就跟鄭莉一起過夜，要不然這時候被警察堵在房間裏，就算能夠解釋清楚，也會讓鄭莉受到一番屈辱。在背後搞鬼的這個王八蛋還真是惡毒啊。

其實當時傅華是很想留下來的，可是他想了想之後，最後還是回到自己的房間，他想把自己最好的一面呈現給鄭莉，不能就這樣帶著酒意跟鄭莉在一起，他要把最美好的一刻留在兩人的新婚之夜。

也幸虧傅華這樣的想法，才讓他們逃過這一劫。

搜索鄭莉房間的警察也很快就搜索完了，自然是一無所獲，他們垂頭喪氣的走出了房間，跟傅華跟鄭莉道歉說是誤會一場。

傅華沒好氣的說：「既然沒事，你們趕緊走吧。」

警察離開了，傅華擁著鄭莉回到房間。

鄭莉看看傅華，說：「你們這兒怎麼這個樣子啊，半夜還有警察闖上門來？」

傅華苦笑說：「這是有人故意給我添堵的。」

鄭莉皺眉說：「這麼說，今晚的行動是衝著你來的？」

傅華點點頭：「肯定是，要不然也不會別的房間不查，單查我們倆的房間。」

鄭莉氣惱地說：「這些人怎麼這樣啊？傅華，我想回北京了，這邊太危險了。」

傅華也有些擔心鄭莉的安全，他不知道背後搞鬼的人下一步還會做什麼，他一個大男人沒關係，但一個女孩子可會承受不了的。

傅華這時候也顧不得要見金達還是張琳的事了，眼前重要的是還是要保護好鄭莉的安全為上，便說：「行，你就先回北京吧，我明天就先送你去機場。」

經過這麼一鬧，兩人都沒有了睡意，傅華就幫鄭莉收拾行李，收拾完，天光已經大亮，傅華便趕緊訂了機票，也沒吃早飯，就將鄭莉送到了機場。

離開機場，傅華的手機響了起來，一看是王尹的電話。

接通後，王尹氣急敗壞的說：「傅老弟，你在哪裡啊？」

傅華本來一個好好的行程被攪局，還把鄭莉嚇了一下，心中也很煩躁，就沒好氣的說：「我在機場呢，你找我幹什麼？」

王尹愣了一下，驚訝的說：「你在機場幹什麼？難道你也想離開海川？」

傅華一肚子氣，沒有注意到王尹的話，氣哼哼地說：「我離開什麼啊，不是還有工作嗎？我送我女朋友離開。」

王尹這時才注意到傅華的口氣中有著很大的怒氣，問道：「怎麼了，為什麼要送你女朋友離開啊？我記得你不是說要和女朋友在海川多待些日子嗎？怎麼突然走了？」

傅華氣憤地說：「媽的，半夜一幫警察竟然到我和我女友的房間，說什麼要查賣淫嫖娼，難道我還讓她留下來被整啊？」

傅華實在太氣憤了，他還是第一次在同事面前爆粗口。

王尹驚訝地叫說：「有警察去海川大酒店查房？」

傅華沒好氣的說：「難道我會騙你嗎？這些混蛋，要整我就直接衝著我來，去嚇唬我女朋友算什麼？」

王尹也氣憤地說：「這些人真是有夠卑鄙的。」

傅華這時才想到王尹還沒說找自己有什麼事情，便問道：「你找我幹什麼？」

王尹這才說：「哎呀，出事了，安德森公司的人早上突然通知我，說他們不跟我們市政府談判了，他們要訂機票離開海川。」

傅華一聽也愣住了，昨晚給安德森公司接風時，賓主還相談甚歡，傅華滿心以為今天會順利地展開談判呢。

他詫異地說：「怎麼會這個樣子呢，昨天不是還好好的嗎？發生了什麼事情？」

王尹說：「我也不知道啊，反正他們堅持要離開，也不跟我解釋為什麼，我急壞了，還以為你知道情況呢，就趕緊找你問問看。」

傅華說：「你找我有什麼用啊，我也不知道是什麼狀況啊。你有沒有跟市裏彙報啊？」

王尹懊惱地說：「我拿什麼彙報啊？我都還不知道發生了什麼事情呢。」

傅華說：「那你也得彙報啊，不管為什麼，起碼先讓市領導把他們留下來啊。」

王尹想了想說：「好吧，我馬上跟穆副市長彙報，你也趕緊回來吧，安德森公司的人對你印象很好，也許他們會跟你說明他們為什麼會突然離開。」

傅華也很著急，要是放安德森公司的人離開，整個談判就完蛋了，他可不想折騰了半天最後一場空，便說：「我現在就趕回去，有什麼情況隨時通知我。」

撤出談判

Tony搖了搖頭，說：

「傅，你別騙我了，我在美國就聽說過，中國的警方是可以隨便抓人的，根本就沒有基本人權。你現在沒事，我想肯定是因為我們要撤出談判，他們為了留下我們才把你放出來，要你想辦法留下我們的。」

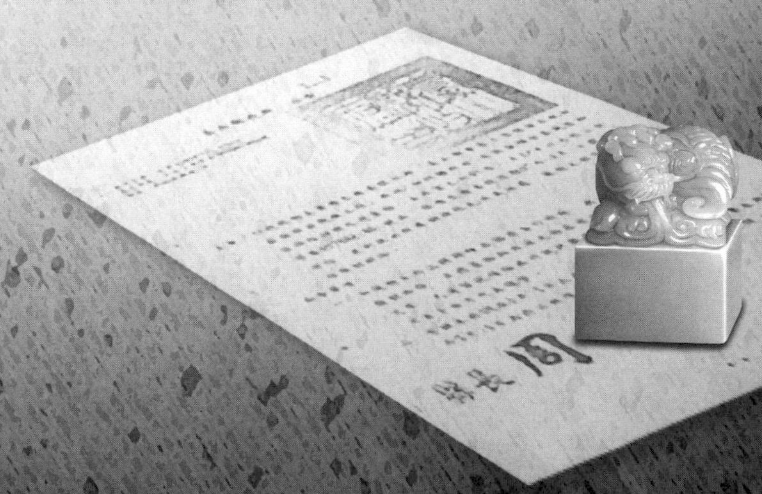

穆廣聽到王尹的彙報，當時就愣住了，他本能地認為是傅華在搞鬼。

他已經接到那個副局長的彙報，知道昨晚海川警方在海川大酒店什麼也沒抓到，心中暗罵傅華是偽君子，竟然守著一個如花似玉的女朋友還要分房睡。

他是一個心機很重的人，因此直覺的認為安德森公司要停止談判，一定是傅華在背後搞的鬼，肯定是傅華因為被鬧了一下所採取的報復措施。

穆廣自然不能就這樣放安德森公司離開，這一次的談判，海川上下都在看著呢，本來以為這個項目鐵定落戶在海川了，突然鬧這麼一下，對方連談都不談了就要離開，這個失敗的責任還需要有人來扛呢。

穆廣緊張了起來，對傅華藉工作來報復他更加不滿，便很不高興的說：「傅華呢？他不是跟你一起負責這次的接待工作嗎？他躲到哪裡去了？」

王尹報告說：「傅華的女朋友今天一早回北京，他去機場送她去了。接到我的電話後，他正往回趕呢。不過，穆副市長，傅華說他也不知道安德森公司究竟出了什麼事情。」

穆廣心裏咯登一下，他猜測傅華是在假裝不知情，這傢伙擺明了是想要海川市政府難看啊。

他沒想到傅華竟然反應這麼激烈，事發後立即把女朋友送走，傅華這麼做，是打算先去掉後顧之憂，這是要準備跟自己大門一場的意思啊。

另外，傅華把女朋友送走，他的女朋友自然就跟金達見不到面了，接下來，他肯定會把責任都推到警察半夜去查房的事上，把情況跟金達說的，這下事情恐怕是要鬧大了。

穆廣有點後悔不該聽從關蓮出的這個餿主意，這事如果鬧到金達面前，就有些不好收拾了。再加上安德森停止談判的事一鬧，金達為了保住他的位置，必然會十分重視這件事情，追查到底的。

現在解決問題的根本就掌握在傅華手裏，還不知道傅華會在金達面前編排什麼不利他的理由呢。

穆廣心裏之彆扭，真是邪門了，自己的運氣怎麼這麼背呢？就連把傅華和女朋友捉姦在床這種十拿九穩的事也能落空。他越來越覺得傅華難鬥了。

王尹看穆廣半天不說話，著急地說：「穆副市長，你要趕緊拿個主意啊，我們跟安德森公司前面進行的很不錯，可不能就這麼把事情弄砸了。」

穆廣煩悶地說：「我知道，這時候我還能有什麼主意啊，趕緊去賓館攔住他們就是了。」

王尹苦笑著說：「我攔住他們了，可是他們的態度很堅決，就是要離開，我總不能把他們扣在這裏吧？」

穆廣站了起來，說：「行了，別囉嗦了，我們先去海川大酒店，想辦法把人留下來再說。」

王尹就和穆廣一起去海川大酒店，找到了安德森公司的副總裁Tony的房間，Tony已經把行李都收拾好了，一副馬上就要離開的樣子。

王尹上前說：「Tony先生，這位是我們海川市政府的常務副市長穆廣，他得知你們要離開，特別趕過來的。」

穆廣趕緊陪笑著說：「Tony先生，您好，出了什麼事情啊？搞得貴公司的人這麼生氣？」

Tony很冷淡的跟穆廣握了握手。

他和穆廣是第一次見面，因此沒有什麼交情，冷冷地說：「您好，穆副市長，謝謝您能過來。至於我們公司為什麼要離開，是因為我們發現你們海川市並不適合我們建立生產基地，所以要離開。」

穆廣說：「這不是事實吧？原本你們的總裁湯姆先生來考察的時候，他認為我們海川是很適合貴公司的。」

Tony說：「穆副市長，我們要撤出談判的事情，已經請示過湯姆先生了，他同意我們這麼做，您不要再說什麼了，這是我們公司的決定，不是我個人的決定。」

Tony一點情面都不給穆廣，穆廣這時意識到自己一直沒出面接待安德森公司是一種失策，一切都順利的時候，他還可以依靠下屬來處理事情，現在事情出了岔子，他才發現自己跟這些人一點交情都沒有，人家不給他面子也是在情理中的。

這都是傅華搞出來的，還是需要傅華趕回來才能處理。

穆廣一肚子火沒處發洩，就狠狠的瞪了王尹一眼，說：「傅華在幹什麼，怎麼還沒趕回來？」

王尹知道從海川機場到市區，速度再快也要將近一個小時，這時候除非傅華插上翅膀，否則根本就無法趕回來。

他看了看穆廣，只見穆廣一臉陰沉，他不敢幫傅華說話，只好說：「我馬上打電話催他一下。」

兩人離開Tony的房間，王尹立刻打電話給傅華，說：「傅主任，穆副市長問你到哪裡了？」

傅華報告了他現在的位置，王尹一聽，知道傅華才剛走一半的路程，就說：「你快點吧，穆副市長在等著你呢。」

傅華說：「我已經儘量催司機了，你跟穆副市長先去勸一下嘛。」

王尹看了看在一旁的穆廣，穆廣一臉鐵青。

當著穆廣的面，他不好說穆廣剛剛去勸被頂了回來，只好說：「好啦，你儘快趕回來就是了。」

半小時後，傅華匆忙趕了回來。

穆廣等了半個多小時，心中已經煩躁到極點，看到傅華就沒好氣的瞪了傅華一眼，說：「你怎麼回事啊，工作時間跑去送自己的女朋友？」

傅華心中也因為鄭莉昨晚受了驚嚇一肚子氣呢，見穆廣這種態度，心中更加惱火，也沒在怕的說：「昨晚不知道是哪個王八蛋搞鬼，讓警察半夜來查房，我女朋友被嚇壞了，我送她離開也是情理中的事情。」

穆廣心中有鬼，覺得傅華是當著和尚罵禿子，便說：「你這是什麼態度啊？就算是這樣，你也不該把工作放到一邊，先去處理你女朋友的事啊？在你心目中，你把工作放在什麼位置啊？」

傅華冷冷的說：「工作再重要也沒親人重要。」

穆廣火了，說：「傅華，你這是非衝著我來啊？」

傅華說：「我不是衝著哪個人，我只是說出了心裏的實話而已。」

穆廣說：「你……」

王尹在一旁看兩個人就要吵起來，趕忙打斷穆廣的話，說：「穆副市長，安德森公司的人還在那邊，我們是不是其他事情先放下來，先把他們留下來再說？」

穆廣也知道事情的輕重緩急，解鈴還須繫鈴人，事情既然是傅華搞出來的，還得傅華來解決，便沒好氣的說：「我知道了，傅主任，現在安德森公司要離開，你趕緊想辦法留下他們吧。」

傅華也不想因為自己的事影響了工作，現在鄭莉走了，他的心放了下來，也就懶得再跟穆廣計較他語氣上的問題，轉頭問王尹：

「王局長，安德森公司究竟是因為什麼非要離開啊？」

王尹還沒說話，穆廣在一旁說道：「你心裏還不清楚嗎？」

傅華看出穆廣認為整件事情是他在搞鬼，不由得再次冒上火來，他說：「穆副市長，你這話是什麼意思？你是說安德森公司退出談判是我在其中搞鬼嗎？」

穆廣見傅華咄咄逼人，一點沒給他這個常務副市長留面子，心中也是火大，說：「我什麼意思，你搞沒搞鬼，自己心裏難道不清楚嗎？」

傅華見穆廣這麼說，更加惱火，說：「穆副市長，你把話說清楚，既然你認定我在搞鬼，拿出證據來啊？」

王尹看兩人又吵了起來，趕忙說：「穆副市長，傅主任，安德森公司的人行李都收拾好了，馬上就要離開了，你們要吵架也要看個火候，是不是先把對彼此的意見放下來，先來處理這件事情啊？」

穆廣瞪了傅華一眼，說：「你們倆先去看看，不管怎麼樣，先把安德森公司的人留下來再說。我回市政府去，有什麼情況及時跟我通報。」

穆廣知道自己留在這裏也沒用，而且今天傅華這個樣子擺明了是想跟他吵架的，他再留下來，可能傅華會讓他更沒面子，索性先回市政府等消息好了。

王尹答應了一聲，就拖著傅華往電梯走，穆廣便轉身離開大廳，坐車離開了。

王尹和傅華進了電梯，王尹看了傅華一眼，說：「老弟啊，你今天的火氣可是很大啊？穆副市長再怎樣也是你的上級，你跟他吵什麼啊。」

傅華嘆了口氣說：「你沒看他那種態度，好像安德森公司這一切是我搞出來的，我昨晚被折騰了那一下，心中已經很火大了，又被他冤枉，任誰也是難以咽下這口氣的。」

實際上，還有一點原因傅華沒對王尹說出來，那就是他懷疑昨晚的事就是穆廣在搞鬼。

他在回來的一路上，一直在想是誰這麼整自己，想來想去，就想到了穆廣身上。海川大酒店前身是海川市政府的招待所，跟海川市政府有著千絲萬縷的聯繫，很多海川市領導在這裏都有專門的休息房間，一般的員警哪有這種膽量來這裏抓什麼賣淫嫖娼啊？

說是有人打電話舉報更是扯淡，除非有人在背後指使他們這麼做，而這個指使他們的人，職務肯定不會低，因為職務太低，也指使不動人來。

事情這樣一想就簡單了，因為能達到這種指揮能力的領導沒幾個，再排除跟自己關係不錯的人，剩下來最明顯的就是穆廣了。

從機場回來見到穆廣，穆廣的表現也坐實了這一點，他沒來由的就去懷疑是自己搞鬼讓安德森公司的人離開，說明他心中才是有鬼的。

王尹看傅華還是氣憤難平，拍了拍他的肩膀，說：「算了吧，不管怎麼說，他總是你的上級，你還是暫且忍下來吧。」

傅華也知道自己跟穆廣鬥，情勢不利於自己，還是趕緊先處理安德森公司的事要緊，便嘆了口氣，說：「算了就算了，誒，安德森公司究竟出了什麼事情啊？」

王尹皺了皺眉頭，說：「我也不清楚啊，那個Tony也不肯說，只說請示過湯姆先生，湯姆也同意他這樣做。」

傅華百思不得其解，眼下不論是哪一方都不想讓這次談判失敗，這又是哪個環節出了問題呢？

說話間，到了Tony的房間，傅華敲了敲門，Tony開了門，看到傅華，說：「傅，你昨晚沒事吧？」

傅華愣了一下，Tony怎麼知道自己昨晚發生事情了？昨晚雖然有員警來查房，那總是他們內部的事，家醜不能外揚，便笑笑說：「沒什麼事情啊，怎麼了？」

Tony說：「傅，你不誠實啊，昨晚明明有警察去敲你和你女朋友的門，我的同事都跟我說了，早上我還去敲你的門，你和你女朋友都不在，是不是你被警察帶走了？」

傅華有些明白Tony為什麼知道這件事情了，安德森公司有些工作人員住在跟傅華同樓層的房間，有一個還住傅華的對面，一定是昨晚警察劇烈的敲門聲驚醒了安德森公司的人，他們從門上的貓眼中看到了發生的一切。

傅華趕忙解釋說：「Tony，我想你可能有些誤會了，我沒被警察帶走，我是送我女朋友離開海川，她昨晚受了點驚嚇，我送她坐飛機回北京。」

Tony用懷疑的眼神看了看傅華，說：「傅，你說的都是真的嗎？那警察昨晚為什麼來找你啊？」

傅華說：「當然是真的了，至於警察昨晚為什麼來找我，也是一場誤會，不知道什麼人搞鬼，打電話給警察舉報我們。警察來調查後，發現是誤報，就沒事了。」

Tony的眼神還是充滿了懷疑，他搖搖頭說：「傅，你沒說真話。」

傅華苦笑了一下，說：「你要我怎麼跟你解釋啊？我說的都是真的。好了，Tony，先別說我了，說說你們吧，你們為什麼突然要撤出談判呢？」

Tony攤了一下手，聳聳肩膀說：

「傅，你們海川市對我們的接待很熱情，你和張先生還有這位王先生，對我們也很友好，我們對能和你們合作都感到很高興，但是昨晚發生的事情，讓我們見識到你們海川市另外的一面。你們的警察竟然什麼搜索證之類的東西都沒有，就可以搜查你們的房間，一個人的基本人權都無法得到尊重，這在我們美國是無法想像的事情。我們十分擔憂將來我們的生產基地安置在這裏的話，我們的員工怎麼去忍受你們的這種做法，於是我們跟湯姆先生彙報了這個情況，湯姆先生對此也很震驚，所以同意我們撤出談判的請求。」

傅華不禁暗罵穆廣，為了一己之私搞鬼，讓這些美國佬造成這麼大的誤會，給工作造成了這麼大的麻煩，真不是個東西。

不過，還是要趕緊取得Tony的理解，傅華立刻解釋說：「Tony，我想你是誤會了，昨晚只是一個偶發事件，現在事情已經解決了，沒事了，你們不必因此而有所擔憂。」

Tony搖了搖頭，說：「傅，你別騙我了，我在美國就聽說過，中國的警方是可以隨便抓人的，根本就沒有基本人權。你現在沒事，我想肯定是因為我們要撤出談判，他們為了留下我們才把你放出來，要你想辦法留下我們的。」

這個誤會可真鬧大了，看來這個Tony對中國還有很大的成見，傅華趕忙說：「Tony，你讓我跟你怎麼解釋呢，我說的都是事實，你要相信我。」

Tony堅決的搖了搖頭，說：「傅，我知道你是好人，你很想為你們市裏爭取這個項目，但是很抱歉，我想我已經看到了真相，我們公司的決定是不會改變的，拜託你跟張琳先生說聲抱歉，我們不能把生產基地放到海川來了。」

傅華整個傻眼，Tony是怎麼也不肯聽他的解釋，他看了看王尹，王尹也沒想到會是因為傅華昨晚被查的這件事惹到了安德森公司，也有些不知所措。

傅華說：「王局長，Tony先生這個態度，你看怎麼辦吧？」

王尹想了一下，說：「我能有什麼好辦法？還是趕緊找張書記吧。」

傅華想想也是，就跟Tony說：「Tony，你先別急著決定，我馬上就跟張書記彙報這個情況，你先等一下。」

Tony搖了搖頭，說：「你們書記來了也是沒用的。」

傅華不管，拖著王尹就往市委趕，在路上就打電話給張琳，說明了安德森公司要撤出談判的情況。

張琳一聽也急了，這個安德森公司他可是下了不少心血的，就希望能把這個項目留在海川，現在安德森公司要撤走，他怎麼能接受啊，便說：「你們別過來了，在酒店那裏等我，我馬上就趕過去。」

不一會兒，張琳就趕了過來。

傅華跟王尹在電梯裏又把情況彙報了一遍，張琳聽完後罵道：「這不是胡鬧嗎，是誰讓城區分局的人來這裏查房的，還別的都不查，單查傅華和他女朋友的住處？」

生氣歸生氣，張琳還是立馬趕到了Tony的房間。

Tony見到張書記，說：「不好意思，書記先生，把你也驚動了。」

張琳笑笑說：「Tony先生，我是來跟你解釋的，昨晚真是一場誤會，事情不是你想像的那個樣子，其實昨晚是某些不法員警的個人行為，這不是我們海川市政府通常的做法，這件事，我這個做書記的也有責任，我沒有管束好下面的幹部，給你們留下了不好的印象，我向你們道歉。」

Tony笑了笑說：「書記先生，我們知道你是一個好的領導，也是一個好朋友，但是我們確實無法接受你們這些部下的做法，抱歉了，我們不能冒險把生產基地設在這裏。」

張琳又說：「Tony先生，你也知道我是這個城市的管理者，我向你保證，不會再發生類似的事件了。」

Tony搖頭說：「書記先生，我不能相信你的這種保證，其實在來中國之前，我很多朋友都跟我說，這裏並不適合投資，說這裏跟美國不一樣，但是湯姆先生說你們已經慢慢建立了法規，中國已經不像以前那個樣子了。但事實呢？我還是見到了那些偏差的行為，這令我無法容忍。所以我只能對你們說抱歉了。」

張琳還想要說什麼，Tony卻攔住了他，說：「書記先生，撤出談判是公司的決定，你再說什麼都沒用了。」

張琳只好跟傅華、王尹退出了Tony的房間，他看了看傅華，說：「小傅啊，你向來是很有辦法的，你說現在怎麼辦吧。」

傅華此刻心中也沒有了主張。他想了一會兒，此刻也許只有安德森公司的CEO湯姆先生能讓他們的人留下來了，就說：「張書記，我想辦法跟湯姆先生聯繫一下吧，看看能不能讓他撤回這個決定。」

張琳想了想說：「好吧。」

傅華覺得自己在湯姆面前似乎也沒有那麼大的影響力，看來應該找鄭莉的父親鄭堅出面幫自己說項比較好，於是趕緊把電話撥給了鄭堅。

電話接通了，傅華剛要說話，鄭堅已經罵開了：「小子，你是不是個男人啊，自己的女人都保護不了，你還活著幹什麼啊？」

傅華被震得耳朵都痛，苦笑說：「叔叔，你見到小莉了？」

鄭堅叫道：「你別叫我叔叔，我們鄭家的人什麼時候受過這種欺負啊？我怎麼瞎了眼，把她交給你這樣一個懦弱的男人，我當時是不在那兒，我要是在現場，一定把那些臭警察狠狠揍一頓。」

傅華乾笑了一下，說：「對不起啊叔叔，我沒有保護好小莉。」

鄭堅說：「現在說對不起有什麼用啊，你沒看到小莉的樣子，到現在還驚魂未定，我女兒什麼時候受過這個啊？都是你這個臭小子害的。」

傅華知道鄭堅的脾氣，對他這麼罵自己也能接受，他心裏還急著找湯姆，便陪笑著說：「叔叔，這件事情是我不好，要打要罵等我回北京好不好，我現在有事情要拜託你。」

鄭堅沒好氣的說：「什麼事啊？」

傅華就講了想要鄭堅幫忙找湯姆說情的事，鄭堅聽了，沒好氣的說：「這也是他們自己瞎折騰搞出來的後果，我現在沒心情替你管那麼多閒事。」

傅華為難地說：「可是……」

沒等傅華把後面的話說出來，鄭堅已經掛了電話。

傅華沮喪的收起了手機，鄭堅不幫他，他自己去找湯姆也沒用，他看了看張琳，張琳在一旁清楚地聽到了鄭堅的話，也顯得很沮喪，此時大家知道只有接受現實的份了。

沉默了一會兒，張琳嘆了口氣，拍了拍傅華的肩膀，說：「小傅啊，我知道你盡力了。」

傅華搖搖頭，痛苦地說：「這是一個很優質的項目啊，我為了這個項目能留在海川絞盡了腦汁，卻被這些想要整我的傢伙搞砸了，我心裏真是不好受。這些人怎麼這麼公私不分啊？」

張琳說：「這些人為了一己的私憤就這麼胡搞，簡直是混賬到頂，這件事情不能就這麼算了，必須有人為這件事情負責。」

傅華心說就算是有人負責，這個項目也是沒了，他此刻灰心得很，對海川市政府的人有著從未有過的失望，甚至某些方面他認為金達也需要負一部分責任的。

他無奈地說：「張書記，我女朋友已經回北京，我不能帶她來見您了，既然事情已經無法挽回，如果您沒什麼需要我做的，我想要回北京了。」

張琳說：「你留下也沒什麼用，想回去就回去吧。」

王尹在一旁說：「傅主任，你是不是先跟我一起去向穆副市長彙報一下情形再走啊？」

傅華苦笑了一下，說：「王局長，我現在實在沒心情，還是你跟穆廣彙報就好了。」

王尹看傅華的樣子，心中也很同情，就說：「好吧，我一個人去彙報吧。」

張琳沒說什麼就回市委了，傅華回房間收拾行李，他懶得跟穆廣告別，就打電話訂了機票，準備回北京。

穆廣正在辦公室焦躁不安等著消息，見到王尹，趕緊問道：「王局長，怎麼樣了？把安德森公司的人留下來了嗎？」

王尹苦笑說：「沒有，Tony很堅持，說這是他們公司的決定，無法改變。」

穆廣說：「那傅華呢？傅華怎麼說？」

王尹說：「傅華也沒招了，他還找了他女朋友的父親，想要找湯姆撤回成命，可是他女朋友的父親氣他女兒在海川的遭遇，根本就不幫這個忙。傅華見沒什麼辦法，已經準備回北京了。」

穆廣眼見事態無法挽回，他這個負責人勢必要負責任的，越發對傅華不滿起來，說：「前前後後都是這個傅華在搞鬼，他這時候當然想要撒手不管了。」

王尹剛才親眼看到傅華因為挽留這個項目失敗那種沮喪的樣子，現在見穆廣還在指責傅華，感到穆廣對傅華的不公平，忍不住說：

「穆副市長，我覺得您這麼說很不客觀，事情完全是因為傅華和他女朋友被員警騷擾而引起的，Tony認為中國還停留在以前沒有人權的年代，才決定撤出談判的，這與傅華沒有關係；相反，傅華也是這次事件的受害者。我覺得真正有責任的應該是城區分局的人，到底是誰讓他們到海川大酒店抓賣淫嫖妓的了？海川大酒店這麼多年沒有過這樣的事情了。更奇怪的，這幫人單單衝著傅華和他的女朋友而去，這肯定是別有用心的人在背後搞的鬼。我覺得這些在背後搞鬼的人才是真正該負責的人，所以我建議市領導要徹底追查這件事情，一定要追出在背後搞鬼的人。」

穆廣被王尹說的臉上一陣發緊，追查什麼啊，他就是背後搞鬼的人！就沒好氣的說：「好啦，那些都是後面的事情，關鍵是現在這件事是你我負責的，你跟我去找金市長，我們一起向他彙報這件事情吧。」

兩人就找到了金達，金達一聽安德森公司要退出談判，十分意外，說：「怎麼會這個樣子？為什麼啊？」

金達原本以為有傅華在，安德森公司把生產基地落戶海川基本上是十拿九穩的，沒想到短短幾天，形勢卻發生逆轉，安德森公司竟然要撤出談判，而傅華竟然也對此束手無策，讓這個眼看要到嘴的項目竟然就此溜走。

穆廣便對王尹說：「王局長，你跟金市長彙報一下吧。」

王尹心裏暗罵穆廣滑頭，這種事情他不直接彙報，而是讓自己出來扛責任，不過穆廣是他的頂頭上司，在穆廣面前他只有聽令的份，只好把事情的前後講了一遍。

金達聽了，看了看穆廣和王尹，心裏直覺這件事情太過蹊蹺了，怎麼會突然有警察臨檢的事呢？而且矛頭直指傅華和他的女朋友。是什麼人要這麼針對傅華和他的女朋友呢？這個在背後搞鬼的人又有什麼目的？

穆廣見金達半天不說話，心裏有點拿不準金達在想什麼，就想把責任先推到傅華身上再說，反正金達之前對傅華一直很有意見。

穆廣便說：「金市長，我認為這件事並不單純，怎麼傅華和他女朋友一出事，安德森公司的人就馬上說要撤走，是不是傅華在背後操控著安德森公司啊？我個人覺得不是沒有這種可能，安德森公司本來就是他領到海川來的，會聽從他的操控也是在情理中的事。」

金達看了穆廣一眼，如果換在前段時間，穆廣的這種說法他會馬上就接受，可是現在不同了，傅華已經向他表示出了和好的意願，這時候，傅華是不會傻到自己去拆自己的台的。再說，這裏面還有一個前提，是誰讓傅華和他的女朋友出事的？總不會傅華自己讓自己出糗吧？

這個道理太淺顯了，穆廣會看不出來？顯然不可能。於是金達在心中對穆廣把責任推到傅華身上打了一個問號，穆廣這麼做是為了什麼呢？

金達沒去質問穆廣，他看了看王尹，說：「王局長，你覺得呢？」

王尹此刻對穆廣的意見大了，他已經明白的把傅華不可能是背後搞鬼的人分析給穆廣聽了，穆廣不但不接受，還繼續把責任推給傅華，簡直太藐視自己了，便不顧忌穆廣是不是自己的頂頭上司，直接回答金達說：

「金市長，我跟穆副市長的看法不一致，我認為傅華同志在這件事情上，不但沒有責任，還是受害者，我們應該找出真正在背後搞鬼的人，不能讓這樣優秀的同志受委屈。」

穆廣臉上青一陣白一陣的，他對王尹當面反駁他十分氣惱，不過礙著金達在面前，他也不好發作。

金達是贊同王尹的說法的，穆廣的尷尬他也看在眼中，心中難免對穆廣起了懷疑，他早知道穆廣不待見傅華，會不會這一次就是穆廣在背後搞的鬼呢？

很有可能啊，傅華和他上次在市政府談話的事，很多人都知道，會不會是穆廣不樂見他跟傅華和好所以在背後搞鬼啊？這也許就是為什麼矛頭一開始就針對傅華和他女朋友的原因吧？

王尹說得對，不能再讓傅華受委屈了，這樣不但自己和他和好的可能性沒有了，還會讓那個在背後搞鬼的人得逞。

想到這裏，金達心中有了對整個事件的處理方案，便說：

「老穆、王局長，事情既然已經無法挽回，就讓它這樣吧。以後我們記取這個教訓就好了。王局長，你去安排送一送安德森公司的人，對人家禮貌一點，買賣不成仁義在，不要讓美國人覺得我們太過小氣了。」

王尹覺得也是，既然已經無法挽回，不如把結尾做得漂亮一點，就說：「好的金市長，我去安排。」王尹就離開了。

穆廣看金達並沒有要追究事件責任的樣子，心中有些詫異，這有點不符合金達以往的作風，他看了看金達，說：「金市長，這個項目談判失敗，應該有人出來承擔責任，你看後續要怎麼處理啊？」

金達搖搖頭說：「算了吧，不要去追究什麼責任了，同志們都已經盡力了，大家都不願意失敗，不要去追究什麼責任了。」

穆廣心中更加詫異，金達竟然想讓這件事情不作任何處理的過去，他這打的是什麼算盤啊？這不但不符合金達的個性，也讓穆廣心中打起了鼓，金達為什麼突然變成這個樣子了呢？

穆廣緊張了起來，原本金達在他眼中是個一目瞭然的人，他可以猜測到金達心中的想法，這讓他可以完全掌控如何應付金達，可是現在，他突然看不懂金達了，他無法知道金達下一步想要幹什麼。

原本可以被他操控的人現在無法操控了，這怎麼能不讓他緊張呢？

穆廣想試探一下金達究竟在想什麼，就說：「不過，城區分局的員警是不是應該處分一下，如果不是他們貿然去海川大酒店查什麼賣淫嫖妓，事情也不會這個樣子。」

金達搖了搖頭，說：「不用了，我敢說他們也不知道他們在這件事情當中究竟扮演了什麼角色，他們應該是接到報案電話了吧，按規定他們是必須出勤的，他們並沒什麼錯誤，我們處理他們會不合適的。」

金達心裏清楚這些員警只是被人利用的工具，而且就算展開調查，最後的結果可能也是不了了之，反而會招來各方的議論，還不如淡化處理，不要鬧得滿城風雨比較好。

金達竟然連警方也不想處分，穆廣鬆了口氣，這件事情就是他在背後搞的鬼，認真追究起來，難保不會追到他身上，金達不查，讓他暫時放下這塊心事。

不過穆廣心裏清楚，金達不查，不代表他就是一個無能的領導，雖然自己猜不透他心中在想些什麼，但是可以確定的一點，就是他一定是有所顧忌才這麼做的，他在心中提高了對金達的警惕。

穆廣笑了笑說：「既然是這樣，那就暫且放過他們吧。金市長，您如果沒別的事，我就先回去了，我還壓著一堆事情沒處理呢。」

金達說：「那你就趕緊去吧。」

金達等穆廣離開辦公室，關上了門，馬上就抓起電話，打給了傅華。

傅華此時正坐在房間裏生悶氣呢，雖然他很想早點離開海川，可是離飛機起飛還要一段時間，他不得不暫時待在房裏。

這時手機響了，一看竟然是金達的號碼，傅華心想：金達在這個時間打電話來，肯定

又是受了穆廣的挑唆，要自己承擔這次項目失敗的責任的。

傅華接通了電話，他心中氣金達不能分辨好壞，一味的被人挑唆，誤會自己，就沒好氣的說：「金市長，你是不是又想來怪我把這一次的項目搞砸了？」

金達笑說：「傅華，我在你心中不是這麼不分是非的吧？」

金達的語氣很友好，很出乎傅華的意料之外，他愣了一下之後，說：「那金市長找我幹什麼，現在項目引進失敗，我馬上就要回北京了。」

金達說：「你急著回去幹什麼，我們不是說好了要見面談一談嗎？」

傅華沒好氣的說：「我們還談什麼，我女朋友已經被嚇得逃回北京了，我如果還繼續留在這裏，人家還不知道要如何來對付我呢？」

金達能理解傅華現在的心情，便說：「傅華，你不會以為這些事情是我搞出來的吧？」

傅華苦笑了一下，說：「金市長，您當然不會搞這種事情，可是你不搞不代表別人不搞。」

金達說：「那你想過沒有，為什麼他們會把矛頭直接衝著你和你女朋友啊？他們的真正的目的是想幹什麼？」

傅華倒還真是沒認真想過穆廣這次這麼做的真實目的是什麼，他說：「反正是有人看我不順眼。」

金達分析說：「看你不順眼是一方面，另一方面，我覺得也是有人想阻止我和你見面，你想是不是這個樣子？」

傅華想了一下，似乎真是這樣，一發生事情，自己因為擔心鄭莉，馬上就將她送回了北京，甚至因此還遷怒金達，自然也不會再去考慮跟金達見面，穆廣這傢伙計算得還真是到位。

傅華說：「是有這個可能。」

金達說：「如果你現在就這樣子走了，豈不是就讓背後搞鬼的人得逞了？傅華，這段時間我們之間確實有不少的誤會，需要好好談談。你今天不要走了，晚上我們一起吃飯，到時候，我們敞開了談一談。」

傅華不想讓穆廣卑鄙的算計得逞，本來他也想找機會和金達和解的，既然金達主動提出來，他心裏自然是接受的，便說：「好吧。」

金達說：「那晚上你等我電話吧。」

金達掛了電話，傅華就打電話把機票改了日期。這時，他的手機響了起來，是鄭莉的電話。

鄭莉笑說：「傅華，我爸爸罵你，你沒生氣吧？」

傅華說：「叔叔罵我也是應該的，我是沒照顧好你，我不會生氣的。」

鄭莉說：「你在海川怎麼樣，還好吧？」

傅華說：「安德森公司的項目失敗了，原本我想今天就回去的，可是金達打電話來，他堅持要跟我談談，所以我等談完了再回去。」

鄭莉聽了，說：「你們這個市長還不算太糊塗，我在回去的路上仔細想了事情的整個經過，我猜測可能就是有人不想讓你和金市長好好談談，所以才搞出這麼多事來的，他既然主動找你，說明他也看出其中的問題了。你就好好跟他談談吧，畢竟你們曾經是好朋友，沒有什麼化解不開的問題。」

傅華笑笑說：「我知道了。誒，小莉，你還好吧？」

鄭莉說：「沒事，在海川的時候我確實是很害怕，到北京心神就安定了下來。」

傅華還是有些不放心：「真的沒事嗎？我怎麼覺得叔叔似乎很擔心你的樣子？」

鄭莉笑了，說：「你別聽我爸瞎咋呼，我讓他來機場接我，他奇怪我怎麼會一個人回來，我就告訴了他事情經過，他是生氣我在海川被人欺負，所以才罵了你。他這個人就是這個樣子，你應該知道的。」

傅華這才放心了，說：「你沒事就好。」

鄭莉說：「安德森公司那邊你也不要太擔心了，爸爸掛你電話之後，還是打了電話給湯姆，湯姆說，那個Tony是保守的共和黨人，本來對中國就很有成見，一開始就對這次公司把生產基地放到海川是持反對意見的。湯姆之所以讓Tony來帶隊談判，是打算讓他親身感受一下中國現在的變化，好改變想法。沒想到發生了這次的意外事件，反而讓Tony坐實了心中固有的印象，所以Tony才會反應那麼強烈。」

傅華恍然大悟說：「原來是這樣子啊。湯姆也是的，怎麼派了這麼一個人來呢？」

鄭莉說：「這個Tony在安德森公司董事會的影響很大，湯姆對他有所顧忌，而且也沒想到會發生這件事情。不過湯姆說了，他們公司把生產基地放到海川來的方針是不會改變的，Tony這邊，湯姆會再做做工作，希望能夠改變他的想法。如果不能，他會再改派別的副總裁過來談判的。」

傅華說：「這麼說，這個項目還是有一線生機囉？」

鄭莉笑說：「對啊，中國有廣大的市場，廉價的勞動力，這是任何一家懂得經營的公司都無法忽視的，安德森公司也不例外，就我個人看，安德森公司很快就會重返談判桌的。」

傅華高興地說：「謝謝你了，小莉，叔叔那邊你肯定是給了他不少壓力吧？」

就傅華對鄭堅的瞭解，鄭堅當時那麼氣憤，根本不可能馬上就打電話給湯姆的，他之所以會打這個電話，肯定是受了鄭莉的壓力才會這樣做的。

鄭莉笑說：「被你猜中了，不過，你跟我就不用這麼客氣了，我也希望你能把事情辦成啊。」

傅華說：「你真好，我有些想你了，真想把事情放下，趕緊飛回你的身邊。」

鄭莉甜蜜地說：「我也想你，辦完事情就早點回來吧。」

第四章

巨額利益

金達說：

「我成為市長後，您很多意見也是很正確的，特別是要上對二甲苯項目的時候，您提醒過我，說這個項目會危害到我們海川的海洋。可惜當時我被那個項目的巨額利益誘惑住了，根本就沒把您的意見當回事。」

晚上七點，傅華接到金達的電話，金達說：「你下來吧，我在門口。」

傅華趕忙出去，門口一輛黑色的轎車搖下了玻璃，金達向他招了招手，傅華過去上了車，車子啟動，離開了海川大酒店。

上車之後，兩人互相看了看對方，他們之間已經很長時間沒坐的這麼近了，兩人一時也都難找到搭訕的話，彼此多少還是有些尷尬。

沉默了一會兒，傅華注意到金達坐的車並不是往常他坐的那部，又不直接在海川大酒店吃飯，覺得這次見面有點鬼祟，便笑了笑說：「金市長，我怎麼覺得我們好像是地下黨派在接頭啊？」

金達笑了，說：「還真是有點像，主要是我不想太引人注目，我們如果在海川大酒店吃飯，明天海川還不知道又要議論什麼了。」

車子把兩人帶到了臨近郊區的一家餐館，金達讓司機先回去，傅華和金達進了餐館，找了一間雅座坐了下來。

坐定之後，金達說：「傅華，沒想到我們還有機會這樣子坐到一起。」

傅華也說：「我也沒想到。」

金達說：「你知道嗎，上次你跟我在市政府大樓裏說要帶女朋友跟我見面，那天晚上，我回想了我們認識的整個過程。那時候，我們之間沒有分什麼尊卑，是無話不談的朋友；我們討論的很多東西，後來我當了市長之後都用上了，你對我的幫助確實是很大，我真的很懷念那段日子。」

傅華看了看金達，說：「那我現在面對的是朋友還是市長呢？」

金達笑說：「如果是市長，我把你叫到辦公室去就好了，需要跑到這麼遠的地方來嗎？」

傅華說：「行，我們今天就作為朋友，把話都說開了。你知道我們當時為什麼能夠無所不談嗎？」

金達說：「為什麼？」

傅華說：「那時候的你，能夠聽進去不同的意見，我跟你表達的觀念你都能接受，我在你面前可以無所顧忌，可以敞開了說心裏話。」

金達說：「那你的意思是說，做了市長的金達就聽不進去不同意見了嗎？我沒有這種感覺啊。」

傅華搖搖頭，說：「那是你自己不覺得。就從你申請保稅區開始說吧，一開始我就覺得這個保稅區很難獲得批准，鄰近城市已經有一個啦，國家不會讓保稅區這麼密集的。可是你呢，仍然堅持己見，非要申請不可，結果怎麼樣？保稅區沒批下來，還害得我離了婚，至今見自己的孩子一面都很難。」

金達黯然說：「那時候我堅持把你叫回來，害你離婚，這一點我也很內疚。可是我那也是為了我們海川的經濟發展啊，我不覺得我那麼做是錯誤的。」

傅華說：「你不要拿為了海川經濟發展作遮羞布，我想你內心中是想一當上市長，就馬上在經濟上做出成績來，好為自己的升遷打下基礎。」

傅華覺得既然要敞開來談，就沒有必要再遮遮掩掩，因此話說得很直接，很不客氣。

金達聽得臉上發麻，他沒想到傅華會這麼直率，他辯解說：「我那也是從貫徹當初我們一起設計的海洋戰略出發考慮的，海產品深加工保稅區也是海洋發展戰略的一部分啊。」

傅華不以為然地說：「話是這麼說，可是你這個保稅區有沒有考慮實際情況呢？你真的腳踏實地的去想了嗎？你說你要貫徹我們構思的海洋發展戰略，可是你主政海川這麼長時間了，你推出了什麼扶助海洋經濟發展的政策了嗎？沒有吧？還有，你堅持要執行的對二甲苯項目，它對海洋的污染危害舉世皆知，如果執行這個項目，肯定會損及海洋經濟的發展的，你在這時候可曾考慮過海洋經濟是我們海川市支柱產業之一，可曾想過你原本是要大力發展海洋經濟的？你做的事，根本上都是急功近利，你急於做出成績來證明自己，因此只想要上這些短期就能看見效益的項目。」

金達說：「我承認我想執行對二甲苯項目是出於短期就能看見效益的想法，可是你要知道，市長的任期是很短的，在這麼短的時間內要做出成績來，是很不容易的。」

傅華說：「那你也不能這麼短視的去上這種遺禍子孫的項目。」

金達反駁說：「遺不遺禍子孫，可不是你能說了就算的。」

傅華說：「我已經把有關資料都交給市裏了，我想，你如果認真讀過的話，就不會這麼說了。」

金達說：「我當然認真讀過了，可是那些資料不過是學術探討罷了，只是某一方面的看法，你要知道對二甲苯雖然屬於危險化學品，但是它只是化工生產裏很普通的一種大宗石化產品，沒有你提供的資料中渲染的那麼危險。再說，這個項目如果要上的話，也需要發改委核准，這個核准程序必須要有嚴格的環境評測作為前提條件，經過環評是可以把危險降到最低的。怎麼樣，我對對二甲苯算是做過詳細的研究吧？」

傅華說：「就算你說的這些都是真的，那市政府為什麼不召開聽證會來跟市民們交換意見呢？」

金達說：「就因為我沒有這麼做，所以你就可以在背後搞鬼，把這個項目搞砸嗎？」

傅華生氣地說：「你怎麼到現在還不明白這個項目是為什麼搞砸的呢？不是我在背後搞什麼鬼才把這個項目弄沒的，我不過是把一些對對二甲苯的不同意見發佈在網上，讓民眾知道你們所做的這個項目是存在一定危險性的而已。是民眾對這個項目存有很大的疑慮，才會起來反對的。」

金達回說：「可是你也得承認，你們發佈的資料是很偏頗的，是你們片面的資料才誘導了民眾，讓他們對這個項目群起而攻之的。」

傅華說：「既然你覺得偏頗，覺得這個項目沒什麼問題，為什麼你不安排召開聽證會呢？透明執政，你讓大家都知道詳細情形也是應該的吧？」

金達說：「那你身為市政府的一員，也不應該不但不維護市政府的決策，反而在背後搞陰謀反對啊！」

說到這裏，兩人互相看了一眼，只見彼此都是臉紅脖子粗的，金達笑說：「我們不是來講和的嗎？怎麼又吵了起來。算了，這個項目反正已經失敗了，我們再去爭也沒什麼意義了。」

傅華也笑了起來，說：「是啊，不過，你最後說的：我身為市政府的一員，不應該來反對市政府的決策是對的，事後我檢討過自己，也覺得這件事情我這麼做是不對的，這個很抱歉，我當時應該跟你多交流的。」

金達苦笑說：「這也不能怪你，我當時整個人都被這個項目誘惑住了，這個項目能帶來多大的效益啊？就算你跟我說再多的反對意見，我也不會聽取分毫的。這段時間我也認真反省過自己，傅華，你剛才說的也不是不對，我也覺得最近我很難聽進去不同意見，覺得自己越來愈像當初的徐正了。」

傅華說：「是啊，特別是你還找順達酒店，想要他們幫忙換掉我的董事長，這一點跟當初的徐正行事風格已經絲毫沒什麼不同了。可惜的是，當初順達酒店是基於信任，才讓我成為海川大廈的董事長，你們想換掉我，他們卻無法信任你們可能換上的人，所以他們寧願選擇我，而不選擇幫你。」

金達一聽，臉紅地說：「那是穆廣建議的，我當時出於氣憤就接受了，事後我想了想，這件事情是辦得很蠢，你的做事能力是大家公認的，這些年酒店又經營得很好，順達酒店肯定對你信任有加，又怎麼肯隨便就換掉你呢？可笑的是，穆廣還跑去威脅順達酒店，被順達告到省委書記郭奎那裏，害得我被狠狠地罵了一頓。我長這麼大還是第一次背後算計人，也活該被罵。」

傅華笑了，說：「我就知道這不是你的主意，這不像是你的風格。」

金達說：「你還真是很瞭解我。」

傅華笑笑說：「畢竟我們曾經相處了很長一段時間啊。」

金達苦笑了一下，說：「是呀，那時候我們真是彼此相互信任。現在想想，就覺得這段時間跟你之間的這些爭鬥真是沒必要，你這個人我也很瞭解，是不會因為個人私利跟我爭什麼的，我們都是為了海川好，才會對彼此產生意見。而我沒看透這一點，對你個人有了看法，真是不應該。」

傅華笑笑說：「現在看透了也不晚啊。」

金達自我反省說：「晚不晚就難說了，傅華，我現在才感覺到權力對一個人心靈的腐蝕真是厲害，原本在做副市長的時候，我以為我能夠承受得住，我以為就算我做了市長，也絕對不會像徐正那個樣子。現在我才發現，我到了這個位置，做的跟徐正也沒有什麼不同。」

傅華搖搖頭說：「不是這樣子的，我覺得你還是比徐正要好很多的，起碼你還有自我反省的能力。這一點，你跟徐正就是兩種截然不同的人，你還是有你基本的原則在的。」

金達苦笑了一下，說：「傅華，其實我之所以能夠靜下心來反省自己，是因為我這個市長已經陷入了困境，下一步還能不能幹下去都很難說。這時我才認識到自己以前很多的做法是有問題的。」

傅華愣了，說：「怎麼了，你現在不是幹得好好的嗎？」

金達苦說：「那是表象，其實我已經是內外交困了。在市裏，張琳現在跟我有了很大的分歧，雖然我們還能維持表面的和平，可實際上，我可以感覺到他在很多方面已經不像以往那麼支持我了；在省裏，郭奎書記也對我產生了質疑，我做的很多事都無法讓他滿意，呂紀省長也對我不信任，我想他們一定都起過換掉我這個市長的想法了。」

張琳和金達的矛盾，傅華隱約也能感覺到一些，但是省裏也失去對金達的信任，這讓他有些震驚，看來金達的市長位置還真是有些岌岌可危。

金達接著說道：「我現在在海川，基本上算是孤家寡人了，身邊除了一個心思難測的穆廣，幾乎沒什麼自己人了。」

傅華不方便直接去評價穆廣，就說：「應該還沒到這種程度吧？」

金達搖搖頭，說：「你不知道，就像這次你和女朋友被整的事件，按照以往我的個性，一定會嚴查到底的，可是現在，我明知道背後有人搞鬼，仍然只能把事情壓下去，你知道為什麼嗎？」

傅華看了一眼金達，說：「為什麼？」

金達說：「因為我怕一查就把事情鬧開了，到時候，就算查到了背後搞鬼的人，省裏也會知道我對目下的海川市失去了應有的掌控，他們更會對我的領導能力產生質疑。所以我只能把它當做偶發事件來處理，我寧願相信警察去查房是因為他們接到了檢舉，是正當的執法行為，這樣，雖然結果不盡如人意，可是誰都不需要承擔責任。傅華，你覺得我這個市長幹得是不是挺沒勁的？」

傅華聽了，說：「不是，我倒覺得你現在能看到這一層，相比做副市長的時候，成熟了很多。政治有時候是需要講求技巧的，並不是一加一等於二那麼簡單。」

金達苦笑說：「什麼技巧啊，這只是一種求生的做法。只是不能幫你出氣了，挺對不起你的。」

傅華笑說：「我倒無所謂，我和我女朋友只是受了點驚嚇而已，沒什麼的。」

金達說：「總是嚇到你的女朋友了，回頭你替我跟她說聲抱歉吧，是我不好，讓她受了不必要的驚嚇。或者等我這個市長被撤換下來之後，有時間去北京看你的時候，再專程跟她道歉吧。」

傅華勸說：「你別這麼灰心，我覺得事情還沒糟到這種程度。」

金達心灰意懶地說：「反正我覺得我已經沒有辦法應對眼前的局面了，有時候想想，還不如找郭書記，要求換個閒散的職位算了。」

傅華打氣說：「你不要這麼輕易認輸，邱吉爾曾經說過：『戰場上，你只可以死一次；政治上，你可以死很多次。』更何況，你現在還沒到那種在政治上死掉的程度。」

邱吉爾也算是一個屢次跌倒、屢次爬起的政壇鐵漢，傅華這時提起他來，是想鼓舞一下金達的鬥志。

金達沮喪地說：「我怎麼可以跟邱吉爾比呢？再說，我也有些束手無策的感覺。」

傅華鼓勵金達說：「我倒不這麼覺得，你會覺得束手無策，是因為你還沒有放下你市長的架子，你如果放下市長架子，就會知道你現在還有很多轉圜餘地的。」

金達看了傅華一眼，說：「怎麼說？」

傅華分析說：「其實張書記這個人很謙和的，原本你接任市長，他也很支持你，可能你沒有給他足夠的尊重，他才會對你生出嫌隙的。這個問題的根源在你，只要你肯放低身段，遇事多跟他溝通，多尊重一下他，我想他還是會像以往那樣子對待你的。」

金達不敢置信地說：「真的嗎？」

傅華笑笑說：「與任何人交往，都是需要將心比心的，張書記並不是一個對人太計較的人，你如果能給他足夠的尊重，他絕對會回報你足夠的尊重的。」

金達想了想說：「也對，回頭我就找張書記好好談一談。」

傅華又說：「至於省裏，我想眼下郭奎書記和呂紀省長還沒有到必須換掉你的程度，你只要做好以後的工作，一定會重新取得他們的信任的。」

金達苦笑了一下，說：「我何嘗不想做好工作，重新取得他們的信任啊？可是我現在已經有點迷失方向，不知道該做些什麼好了。」

傅華說：「我倒覺得這沒什麼難的，關鍵是，你只顧著去看一些短期利益的東西，而忽視了發展經濟的根本。」

金達問：「那什麼是經濟的根本呢？」

傅華笑說：「看來你還真是有些迷失方向了。你忘了你的海洋發展戰略了嗎？你當初不就是因為這個海洋發展戰略，才受到郭奎書記的賞識嗎？我們東海省是海洋大省，海岸線漫長，發展海洋經濟是我們發展經濟的一個優勢，既然省裏都把海洋經濟當做全省的發展戰略了，為什麼你卻視而不見呢？為什麼不能為我們海川市推出一些扶植海洋經濟發展的好政策呢？」

金達質疑說：「可是這樣不是見效太慢了？」

傅華搖搖頭，說：「你怎麼能這樣認為呢？我不知道你對自己這個市長是怎麼定位的，你是想做一個真正有建樹、惠及百姓的市長，還是一味的只是想做出政績、往上爬的幹部呢？如果你想做一個即使離開海川，老百姓還是會懷念你的市長，那就需要做一些扎扎實實的工作。」

金達聽了這番話，說：「看來我是有點走入誤區了，讓你這麼一說，我知道自己該怎麼做了。謝謝你，傅華，跟你這麼一談，我心裏明白了很多。我們早就該這樣談一下了。」

傅華笑說：「你忘記我們現在是朋友了，朋友是無需這麼客氣的。」

金達說：「我喜歡我們做朋友的這個樣子，以後你要多提醒我一下，不要再讓我露出市長那副傲慢的嘴臉來。」

傅華笑了笑說：「那是不是我又可以直接跟你通話了？」

金達臉紅了，說：「你就別再來取笑我氣量狹窄了，我不是跟你說對不起了嗎？」

兩人互看對方一眼，同時笑了起來，他們都感覺再度回到了原來他們做朋友的狀態了。

氣氛輕鬆下來後，金達說：「傅華啊，你也是的，怎麼一下子就把女朋友送走了，原本我還想看看你找了一個什麼樣的女朋友呢。」

傅華笑說：「你沒有身臨其境，不知道當時的狀況，哪一個女孩子被警察半夜叫醒，然後不問青紅皂白就搜屋子？我女朋友還算不錯的，換成別的女孩子，嚇都嚇死了。再說我當時也搞不清楚形勢，生怕在背後搞鬼的人還有別的招數，我可不能讓我愛的女人再受什麼傷害，當然是第一時間趕緊送她離開了。何況，就這樣子，她父親還把我臭罵了一通呢。」

金達說：「這背後搞鬼的人真是夠可惡的。」

傅華試探著說：「你猜這個人會是誰啊？」

金達看了傅華一眼，說：「你是不是心中已經有懷疑的對象了？」

傅華點了點頭，他覺得既然已經把話都跟金達說開了，有些事是可以開誠布公了。

金達說：「你先別說，我們一起把這個人的名字寫在桌子上，看看我們猜的是不是同一個人。」

兩人就在茶杯裏蘸了點水，同時在桌子上寫了一個穆字。寫完之後，兩人哈哈大笑了起來。

金達說：「看來英雄所見略同啊。」

傅華說：「我也正想提醒你要小心這個人，他在表面上完全是一個好幹部的形象，但我知道他絕對不是像外表那麼好的一個人，相反，我覺得他這個人心機很重，你要小心不要被他利用了。」

金達說：「別的事情我不清楚，我只是覺得穆廣這個人讓我看不透，好像在那張臉背後還有一個人似的。還有，不知道為什麼，他對你似乎很有成見，在我面前說過好多次你的壞話。」

傅華說：「我知道他為什麼恨我。他有些事情別人可能不知道，但我知道。比方說有一個叫做關蓮的女人，表面上看，兩人似乎沒什麼聯繫，實際上，他們之間的關係很深，關蓮在北京的公司就是穆廣委託我幫忙辦起來的。還有，白灘那邊建了一個高爾夫球場，這個高爾夫球場的老總跟穆廣也有很深的關係。」

金達愣了一下，說：「關蓮這個女人我不知道是怎麼回事，白灘的高爾夫球場我倒是知道一些情況，你是說，這個高爾夫球場是由穆廣在背後支持的？」

傅華點點頭，說：「建高爾夫球場的雲龍公司的錢總，是穆廣剛接任副市長時就帶到駐京辦去過的。據我觀察，他們的關係十分的密切。前段時間，英華時報的記者張輝回海川調查違建高爾夫球場的情況，那個錢總出面做張輝的工作，酒後不小心說出他擺平了穆廣的事，由此更可見這個高爾夫球場是穆廣在背後支持的。」

金達一聽，臉色沉了下來，說：「穆廣這傢伙真是卑鄙啊，原來這個高爾夫球場是他在背後支持建的，難怪我幾次問他對這個高爾夫球場的意見，他都是一副維護高爾夫球場的態度。這一切我都是被蒙在鼓裏的。」

傅華說：「原來你知道這個高爾夫球場啊，那你可要小心啦，據那個記者張輝調查，這個高爾夫球場有很多問題，所謂的旅遊度假區不過是個幌子而已，可能土地審批方面也是有問題的。」

金達苦笑了一下，說：「就算知道這個球場有問題，我現在也無法動他的。」

傅華明白金達現在的處境，他已經處於弱勢，如果再大張旗鼓的查土地違法，一定會牽涉到很多幹部，必定會掀起軒然大波，到最後，說不定他自己也會成為這場風波的陪葬品。更何況，現在這個項目加入了省級重點招商項目，如果要動它，牽涉到的人將會更多。

傅華能夠諒解金達這種投鼠忌器的心境，便說：「我只是提醒你一下，希望你能跟這個項目保持距離，不要被穆廣牽累進去。」

金達點點頭，說：「我心裏有數了，我會注意的。」

傅華看看該談的事情已經談得差不多了，就跟金達說，自己明天就會回北京去，金達笑了笑說：「我知道你有了女朋友在北京，現在一定是歸心似箭了，走就走吧。不過，你也不要忘了，海川才是你真正的家鄉，這邊還有你很多的朋友，有時間要多回來看看。」

傅華答應說：「我會的。再說，我可能不久就會再回海川，我女朋友說，安德森公司那邊還有轉寰的餘地。」

金達驚喜地說：「真的嗎？」

傅華說：「是我女朋友逼她父親去爭取的，湯姆說，他們還是希望能把基地建在海川的。」

金達高興地說：「那可真是太好了，傅華，你回去要替我多謝謝你女朋友。這件事情你也要給我積極爭取，市裏面一定會全力配合的。」

第二天，傅華就飛回了北京。

金達則是一早到辦公室，一坐下來，就撥電話給張琳。

他昨晚思索了一晚，越想越覺得傅華說的很有道理，應該早一點化解他跟張琳之間的矛盾，因此一上班就打電話給張琳。

張琳接通了，用慣常的口吻說：「金達同志，找我有什麼事情嗎？」

金達笑笑說：「張書記，我有點事情要跟您彙報一下，您現在有時間嗎？」

張琳愣了一下，他已經有好長一段時間沒聽到過金達用這麼客氣的語氣說要彙報事情了，有點疑惑的說：「什麼事情啊？」

金達說：「是我對海川經濟有了一點新的想法，想跟您說一說，您如果現在沒時間，我們改天再約吧。」

張書記更加疑惑了，金達什麼時候改性了，竟然要跟我彙報起自己的想法來了？自從金達在海川變得越來越強勢之後，兩人早就日漸疏遠，現在這是怎麼了？

張書記有點不明白，難道省裏郭奎書記又批評金達了，還是郭奎書記要求他這麼做的？

張琳在心中畫了個問號，他想跟金達見面談談，好瞭解個所以然，就笑笑說：「我現在就有時間啊，你過來吧。」

金達就去了張琳的辦公室。

張琳看了看金達，說：「不知道金達同志對我們海川經濟的發展又有了什麼新的好主意啊？」

金達不好意思說：「不是什麼新的主意，其實呢，是我認真反省了一下我在這段時間的所作所為，我感覺自己忽略了我們海川市經濟的根本，盲目的去追求短期的利益，這樣子下去是不行的。」

張琳搞不清楚金達這麼說是什麼意思，似乎像是在做自我檢討。他不好隨便表態，便哦了一聲，沒做任何的評價。

金達看張琳面無表情，對他的話不置可否，就繼續說了下去：「這些您在一旁也提醒過我，可是當時我都沒聽進去，還是我行我素。現在想想真是不應該啊。」

這已經是明確的認錯態度了，張琳不好再含糊下去，就說：「其實金達同志你也沒做錯什麼啦，主觀上，你也是為了發展海川經濟著想的。」

金達苦笑說：「張書記，您不要不好意思指出我的錯誤，其實我是成為市長之後，太自我膨脹了，便聽不進同志們的意見，對您也有些不太尊重。」

張琳趕忙否認說：「沒有，沒有，我們是同志，同志之間有些意見相左也是很正常的，談不上尊不尊重的問題。」

金達說：「張書記，我到海川後，您一直對我有很大的幫助，特別是在徐正同志主政海川的時候，如果沒您在一旁支持，我可能早就回省裏去了。」

張琳說：「那是我看不慣徐正同志的一些做法才那樣子做的，那時候你的堅持是正確的，我應該予以支持。」

金達說：「我成為市長後，您很多意見也是很正確的，特別是要上對二甲苯項目的時候，您提醒過我，說這個項目會危害到我們海川的海洋。可惜當時我被那個項目的巨額利益誘惑住了，根本就沒把您的意見當回事。」

張琳笑說：「那個項目確實是巨額利益，實話說，換到我在你的位置上，我也不一定能抗拒它的誘惑，我之所以能夠在一旁提醒你，是因為我是站在旁觀者的立場上。」

金達說：「但您還是比我明智，您看到了這一點。現在想想，有您給我做這個導師，其實是我的幸運，可以時時提醒我不要把路走偏了。」

張琳看了金達一眼，他知道金達這個人雖然有時候有些傲氣，但是從來沒有在人背後做什麼小動作，是個基本上可以一眼看到底的人，他今天跑來說的這些話，應該是他內心真實的想法，而不是在耍什麼政治手腕的小動作。

其實張琳跟金達本來是沒什麼矛盾的，他們之間也沒有什麼利益的衝突，張琳對金達的不滿，完全是出於金達對他的不尊重；現在金達不但在他面前認錯，還表示願意接受他的領導。

看來金達明顯放低了身架，張琳本就是一個很謙和的人，自然沒有不接受的想法，他很高興的說：「金達同志，你不要這麼說，我們是在一起搭班子的，相互支持、相互提供幫助是很應該的。」

金達笑說：「對，我們是應該相互支持的。在反省過程中，我也認真地思考了張書記您的一些建議，我覺得您說得很對，海洋經濟確實是我們海川市經濟發展的方向，我們應該把海洋經濟做大做強。」

張琳說：「金達同志，你忘了嗎，發展海洋經濟本來就是你提出的啊？我可不想搶了你的功勞啊。」

金達說：「我沒忘是我提出的，可是在這段時間內，我卻把這個最根本的東西給拋到腦後去了。」

張書記笑笑說：「現在想起來也不晚啊。」

金達說：「是不晚，我想把眼下一些不重要的工作暫且放到一邊，先到下面去做個調研，全面瞭解一下我們海川市海洋經濟的發展狀況，從而可以有針對性的提出一些扶持海洋經濟發展的政策來。張書記，您覺得我這麼做可行嗎？」

張琳點點頭，說：「太好了，這個工作早就應該做了。金達同志，我很高興你又回到正軌上了。」

金達笑笑說：「那就請張書記多多支持了。」

張琳說：「其實我對經濟工作並不是太在行，而金達同志你在經濟發展方面的戰略眼光是很令人欽佩的，我們兩個人應該取長補短，共同把海川經濟搞上去。」

至此，兩人算是把心結給化解開了，隨後兩人又交流了對市裏一些事情的看法，兩個人很快就達成了一致的觀念。

最後，金達說：「張書記，我想明天就下去海川市的沿海縣市做調研，您還有什麼指示嗎？」

張琳笑笑說：「沒什麼指示，期待你這次調研能給我們海川市海洋經濟把準脈，為我們海洋經濟開出更好的處方來。」

金達就起身告辭，張琳把他送到了辦公室門口，又跟金達握了握手。兩人都從對方有力的握手當中，感受到了一份信任。

命中注定

王畚惋惜地說：

「這是命中注定的，半點不由人啊。其實早在你告訴我這位傅先生佩戴我送他的那塊翡翠斷了的時候，我就已經猜到會有這種結局了。可是當時傅先生和貴千金正是新婚，我不好烏鴉嘴說他們以後會離婚。」

鄭莉到機場去接傅華，傅華看鄭莉已經恢復了原來的狀態，放下了心，兩人就相擁著出了候機大廳，上了車。

傅華說：「小莉，叔叔知不知道我回來了？」

鄭莉說：「我沒跟他說，你要幹什麼？」

傅華說：「那我們闖上門去吃飯，他會不會把我趕出來啊？」

鄭莉笑說：「你幹嘛這麼急著見他？」

傅華說：「我是想早一點催安德森公司返回海川談判。」

鄭莉聽了，說：「你不用這個樣子吧？海川那幫人整得你還不夠嗎？你還這麼急著給他們辦事？」

傅華說：「海川那邊有壞人是不假，可是也有好人啊，跟你說，幸虧被他們鬧了這麼一下，我才跟金達把誤會解釋開了，要不然我帶你去見他，還不知道要怎麼去找化解矛盾的話題呢。」

鄭莉不高興地說：「這麼說，我活該被他們整一下囉？」

傅華趕忙陪笑說：「我不是這個意思，我是說，有些時候壞事也是會變成好事的。至於你被他們嚇了那麼一下，我心裏也很不好受，如果做什麼能補償你，我一定會做的。」

鄭莉這才笑了，說：「這還差不多。那我打電話給我爸爸，看看他在不在家。」

傅華說：「別打了，我們就直接闖上門去好了，他如果不在家，我們改天再去。」

兩人就直接去了鄭堅的住處。

按了門鈴之後，周娟開了門，一看到傅華，笑著說：「傅華，你從海川回來了？」

傅華說：「剛回來，阿姨，叔叔在家嗎？」

傅華現在跟周娟算是比較熟了，這個阿姨也叫得自然了些。

周娟回說：「在家呢，進來吧。」

鄭莉和傅華就進了屋，鄭堅從書房裏走了出來，瞅著傅華說：「小子，你還有臉來啊？」

傅華乾笑了一下，說：「叔叔。」

鄭莉在一旁瞪了鄭堅一眼，說：「爸，你怎麼回事啊，那件事也不是傅華想要那個樣子的，你這麼說他幹什麼？」

鄭堅說：「事情總是由他而起的，他連自己的女人都保護不好，根本就是沒種。」

周娟在一旁笑說：「老鄭，你別說了，傅華剛從海川回來就過來看你，你還說這些沒用的幹什麼？」

鄭堅說：「他哪是來看我啊？他想求我辦事才是真的。」

傅華笑說：「叔叔真是瞭解我，我還真是來求叔叔辦事的。」

鄭堅發牢騷說：「小子，你的臉皮也算厚得可以了，我這麼說你，你還能打蛇順棍爬，開口來求我啊？」

傅華嬉皮笑臉地說：「沒辦法，誰叫我有事要求叔叔了呢？好了，叔叔，海川的事是我沒做好，嚇到了小莉，你要打要罰都可以，我都接受；不過，打完罰完之後，我求你的事，還是希望你能趕緊幫我辦一下。」

鄭堅一聽，笑了出來，說：「你這小子不是無賴嗎？明知道我既不能打你也不能罰你，還說得這麼好聽。」

鄭堅一笑，屋內的人心情就放鬆了下來，鄭莉拖傅華去沙發坐了下來。

傅華坐定後，對鄭堅說：「叔叔，那件事是一個突發事件，我當時也很氣憤，不過，當時現場有六個警察，我衡量了一下形勢，是打不過他們的，好漢不吃眼前虧，我就沒敢揍他們。當時叔叔也在場就好了，你可以一個人打六個。」

鄭堅笑說：「你給我滾一邊去，你以為我是黑道大哥啊，可以一個打六個？」

鄭莉在一旁說：「我怎麼記得某人似乎說過，他如果在那兒，一定會狠狠揍警察一頓的，難道我聽錯了？」

鄭堅笑說：「咦，小莉，我是幫你出氣呢！」

鄭莉說：「這又不是傅華的錯，你找錯出氣的目標了。」

鄭堅笑罵道：「我就知道你跟這小子是一夥的。」

鄭莉甜甜地靠近了傅華，說：「我們本來就是一夥的嘛。」

鄭堅搖了搖頭，對傅華說：「小子，你現在弄清楚是誰在背後搞鬼了嗎？」

傅華點點頭說：「我大致上已經知道是誰了，很可能是一個姓穆的副市長做的。」

鄭堅問：「叫穆什麼？」

傅華說：「穆廣。叔叔，你打聽他的名字幹什麼？」

鄭堅恨恨地說：「這傢伙狗膽包天，竟然敢動我們鄭家的人，我回頭去找一下程遠，看看有沒有辦法教訓他一下。」

程遠做鄭老秘書的時候，鄭堅跟他的關係很不錯，可以直接找他辦事。

鄭堅本就有些老北京的那種痞氣，現在因為女兒的事，這種痞氣就更暴露無疑了。

說實話，傅華並不喜歡他這種作風，這種做法隱含著一種他靠特權凌駕他人之上的感覺。再說，傅華也不想把這件事情鬧大，現在的局勢對金達很不利，金達很需要海川保持穩定，如果這件事情鬧大了，金達可能要跟著倒楣的。

傅華剛想勸阻鄭堅，鄭莉已經開口阻止了，她說：「爸，你去找程伯伯幹什麼？你不怕爺爺知道了會罵你嗎？再說這也不是什麼大事，不用搞得這麼勞師動眾的吧？」

傅華說：「對啊，叔叔，我也覺得不需要驚動程書記。這個穆廣我還能對付得了，叔叔不需要擔心的。」

鄭堅看了傅華一眼說：「小子，你真的對付得了嗎？你可要知道，這種人一次害你不成，肯定還會有下一次的。我也不想把這件事情鬧大，我之所以想要找程遠，是想為你去掉這個後患，是為了你好啊。」

沒想到鄭堅已經考慮到了這一層去了，傅華有些感動，說：「謝謝叔叔替我著想，只是我現在跟海川市的金市長已經把關係處理好了，穆廣以後就是想搞鬼，怕也是很難害到我的。」

鄭堅看看傅華，說：「小子，現在你比以前自信了很多啊。」

傅華笑了笑說：「我只是有些事情看開了而已。對了，叔叔，安德森公司那邊，你看是不是幫我趕緊再聯繫一下。」

鄭堅說：「我就知道你是衝著這件事情來的。小子，你也不要太心急了，湯姆要做Tony的工作，也是需要一些時間的。」

傅華想想也是，就說：「那叔叔你可要幫我盯著這件事情啊。」

鄭堅語帶抱怨說：「我能不給你盯著嗎？我不給你盯著，小莉也會催我給盯著的。」

「小子，你已經給小莉戴上鑽戒了，算是套牢了她，你們打算什麼時候把婚事給辦了？」鄭堅看到鄭莉手上戴著的鑽戒，問道。

傅華說：「我是想儘快把小莉娶過門來的，不過，我想先跟我爸爸商量一下，看他老人家是個什麼意思。」

鄭堅愣了一下，說：「你爸爸，你是說趙凱嗎？」

傅華點點頭，說：「是啊，我帶小莉去見過他，現在我們要結婚，自然是要知會他一聲了。」

鄭堅聽了說：「算你小子會做人，這種事情是該跟趙凱說一聲的。」

傅華說：「明天我就約他吃飯。」

第二天晚上，傅華就去了趙凱家。事先他已經打電話給趙凱說要過來吃飯，趙凱就推掉了其他應酬，在家裏等他。

傅華對趙凱報告說：「爸爸，我已經向鄭莉求婚了，她答應了。」

趙凱高興地說：「這是好事啊，我很替你高興。」

傅華說：「我想選個日子把婚禮給辦了，您看定個什麼日子比較好？」

趙凱笑笑說：「你這個程序可是不太對啊，你還缺了些應該有的禮數啊。」

傅華撓著頭說：「結婚這方面的禮數我不是很清楚，小婷跟我結婚的時候，都是您和岳母在操辦的，缺了什麼您可以告訴我嗎？」

趙凱說：「我們中國人對婚姻是很重視的，有很多的程序，包括訂婚時的納采、問名等儀式，只是歷經變化，現在簡化了，可是一些基本的東西還是要有的。」

傅華煩惱地說：「都需要做什麼啊？是不是很麻煩啊？」

趙凱笑笑說：「當然麻煩了，婚姻可不只是兩個人的事情，是兩個家庭的結合，很多事情你必須要謹慎行事，如果稍微讓對方感覺到不滿意，就會為你們的婚姻埋下不和諧的種子。古代的六禮雖然不需要一一去執行，不過登門求婚、下聘、擇定婚期這些，還是要做的。」

傅華看了看趙凱，說：「爸爸，我想這件事能不能請您出面幫我辦啊？我也不懂這些，家裏也沒有別的長輩可以告訴我怎麼辦。」

趙凱說：「我是可以出面幫你辦這件事，只是不知道鄭莉會不會介意我這個前岳父的身分？」

傅華聽了，說：「爸爸，您一直拿我當兒子看，我也從心裏希望能有你這樣一位父親，要不這樣吧，您做我的義父好不好？」

趙凱很高興地說：「好哇。」

傅華見趙凱答應了，撲通一下跪在趙凱面前，喊了一聲爸爸，納頭就拜。

趙凱趕忙上前攙扶起傅華，說：「好了，兒子，快起來吧。」

傅華起來後，說：「爸爸，這樣您幫我操持，就名正言順了。」

趙凱點點頭說：「是啊，回頭我就以你義父的身分上門跟鄭老求婚、下聘。至於婚期嘛，我覺得還是去請教一下王大師比較好。」

傅華一聽趙凱又要找王畚，心中就有些不太願意，他說：「爸爸，這個王大師有用嗎？你看我和小婷當初也是找他擇定的婚期，可是結果呢，我和小婷還不是分開了？」

趙凱說：「你不要隨便去懷疑王大師，他有些事情還是說得很準的。你和小婷的事情也許別有隱情也難說。反正這次一定要他好好幫你和小莉推算一下，這也是為了你們未來好。」

傅華知道趙凱也是好意，看趙凱堅持，就不好再說什麼了。

隔天，趙凱就帶著禮物跟傅華登門去拜訪了鄭老。

按說應該是先去鄭堅家，可是鄭莉是鄭老最疼愛的一個孫女，鄭莉和鄭堅的意思都希望透過鄭老來主辦這件婚事，於是就把這個程序安排在鄭老家裏。

鄭老夫婦都很高興，接下了趙凱帶來的聘禮。鄭堅和趙凱之前曾在別的場合見過面，早就彼此景仰對方，現在馬上就要成為親家了，相處的更是愉快。

傅華和趙凱就在鄭老家吃了頓午飯，之後才離開。

第二天，趙凱就帶著傅華去王畚家。

王畚看到傅華，嘆了口氣，對趙凱說：「趙董啊，現在恐怕不能稱呼這位是你的女婿了吧？」

趙凱苦笑了一下，說：「大師，你知道小女跟他離婚了？」

王畚搖了搖頭，惋惜地說：「這是命中注定的，半點不由人啊。其實早在你告訴我這位傅先生佩戴我送他的那塊翡翠斷了的時候，我就已經猜到會有這種結局了。可是當時傅先生和貴千金正是新婚，我不好烏鴉嘴說他們以後會離婚。我要是說了，趙董大概會罵死我的。」

傅華覺得王畚又在裝神弄鬼了，便有意想要拆穿他，於是說：「大師啊，您大概忘了，我和小婷的婚期還是您擇定的，為什麼你擇期的時候，沒有算到我和小婷一定會離婚呢？」

王畚笑了起來，說：「你是不是又在心裏懷疑我了？年輕人，很多事情你不懂的。趙董當時拿你們的八字要我擇定婚期，當時你們步入禮堂已經是箭在弦上了，趙董要求我的，只是為你們選擇一個結婚的日子而已。換了你是我，你會說這段婚姻將來一定會離婚嗎？」

傅華愣了一下，這個問題他倒沒想過，換到任何人處於當時的狀況，估計也不好說出這段婚姻將來一定是要離婚的。不過話雖如此，他還是覺得王畚的理由有點牽強，便說：「可是大師，你既然知道這種狀況會發生，為什麼不提醒我們一下啊？或者你既然這麼神通廣大，為什麼不幫我們想想辦法，改變一下這種可能性呢？」

王畚苦笑了一下，說：「年輕人，我知道你一直在懷疑是我在故弄玄虛，可是我告訴你，當時我確實是想幫你們改變一下這種命運的，可是天不從人願，有些事情該發生就一定會發生的。」

傅華笑說：「您做了什麼啊？我怎麼一點都不知道啊？」

王畚說：「我給了你一尊翡翠玉菩薩，這你不否認吧？」

傅華說：「是啊，我記得爸爸當時跟我說，你擇定的婚期會對我有稍稍的不利，要我戴在身上擋災，後來翡翠斷了，爸爸只說是把災給擋了過去，沒說別的啊？」

王畚笑說：「那個日子是有些沖犯新郎，不過那點小災並不會把翡翠玉菩薩弄斷，那個玉菩薩之所以斷了，是趙董的女兒無意間扯斷了紅線，掉到地上才會斷的，這個對吧？」

傅華心中詫異了一下，他此刻還記得當時翡翠斷了的情形，當時他和趙婷剛入洞房，在跟趙婷嬉笑打鬧中，確實是趙婷無意間撕扯到紅線，沒想到紅線竟然應手而斷，翡翠掉到地上，才摔成了兩半。

這件事自己從來沒對別人說過，就連趙婷也對趙凱說得很含糊，怎麼王畚竟然知道的這麼清楚？

傅華看了看趙凱，說：「爸爸，您跟大師說過這件事情啊？」

趙凱搖搖頭說：「我只跟大師說過翡翠斷了，沒說別的。」

王畚笑笑說：「你別看趙董了，這都是我推算出來的。其實我送你翡翠玉菩薩是有兩層含義的。擋災這一層我好跟趙董解釋，也就能跟他明講；另一層含義，就是想借這個玉菩薩給你們的婚姻加一道屏障，讓你們的婚姻因為玉菩薩的加持，能夠維持得長久。為什麼我一定要你戴在身上，就是因為你在這個婚姻當中處於弱勢的地位，你更需要菩薩的維護。但是人算不如天算，這尊菩薩還是被趙董的女兒給弄斷了，這也象徵著這段婚姻遲早要被趙董的女兒解除掉。這時候，我也只能在心中默念，希望上天保佑你們這段婚姻能維持的長久一些。年輕人，我剛才說是趙董的女兒先提出離婚的，這一點我沒說錯吧？」

傅華呆了一下，王畚的解釋似乎合情合理，可是他還是覺得有些牽強，卻說不出牽強在什麼地方，只好笑了笑說：「這您倒沒說錯。」

王畚銳利的眼神掃了一下傅華，然後說：「那我有什麼地方說錯嗎？年輕人，你別覺得我當時沒明說，現在才說是牽強附會。你想過沒有，就算當時我說了，你和趙董的女兒是不是就會不結婚了呢？」

這當然不會，當時傅華和趙婷正在熱戀當中，而且趙婷十分迷戀傅華，又怎麼會為了王畚的幾句話就不結婚了呢？因此雖然王畚的態度讓傅華有點惱火，可是也說不出什麼話來。

趙凱笑了笑說：「好啦，大師，我們不要老是糾纏那些過去的事情了，現在傅華要再婚了，你幫他再擇個日子吧？」

王畚說：「傅先生，你不會還有什麼質疑的吧？」

傅華不想讓趙凱難做，就笑笑說：「還請大師指教。」

王畚掐指算了鄭莉的生辰八字，說：「這個女命也是一個貴命，她家裏估計不差於趙董，是吧？」

趙凱笑了笑說：「是啊，大師您看他們的八字合嗎？」

王畚說：「女命雖貴，可是處事謙卑，懂得謙讓，傅先生，你好福氣啊，你找了一個肯讓著你的老婆啊。」

傅華聽了，笑說：「這次大師沒有什麼話不能說的吧？」

王畚笑了笑說：「這一次沒有，其實你們原本早就有機會在一起的，可是遇到了一些波折，傅先生當時選擇了別人而放棄了她。現在波折已經過去了，往後的日子你們會很幸福的。」

傅華又愣了一下，當時確實是自己在鄭莉和趙婷之間選擇了趙婷，而放棄了鄭莉，這王畚也能看出來，就有些不簡單了。

傅華礙於趙凱在面前，也不好詳說這個波折是怎麼回事，就說：「那就請大師幫我們擇定一下結婚的日子吧？」

王畚又掐算了起來，算來算去，擇定了兩個月之後的一個吉日，趙凱覺得有兩個月的時間籌備，時間倒還從容，便滿意地點點頭，認可了這個日子。

從王畚那裏出來，趙凱問傅華準備把新房放在哪裡？傅華想了想說：「這我要問問鄭莉的意見。爸，我和鄭莉名下都有房子，隨便住到哪邊去都是可以的。」

趙凱說：「那怎麼可以啊？是你娶老婆，又不是入贅，只能住你的房子。如果鄭莉覺得你現在住的房子是你和小婷住過的，她不願意搬進去住的話，你跟我說一聲，我再給你買套房子，算是我這個義父送給你的結婚禮物。」

傅華笑笑說：「爸爸，真的不需要了，您對我已經夠好了。」

趙凱說：「這也是應該的，我兒子娶媳婦，我不好好張羅，別人會笑我趙凱的。再說，鄭堅那個人，我看他有些瞧不起你，如果你再不能把這個婚事辦得風風光光的，他會更看不起你的。」

趙凱說的倒是實情，鄭堅一開始就有些不待見傅華。他跟趙凱不同，趙凱是從接受趙婷跟傅華在一起這件事起，就接受了傅華，尤其兩人相處下來，更是感情加深。

傅華笑笑說：「我知道了，爸爸。不過房子就不必買新的了，我會跟小莉商量一下，讓小莉住到我現在住的地方去的。」

趙凱說：「如果要住到你現在住的那個房子，那我幫你重新裝修一下吧，小婷的一些痕跡儘量消除掉，不要委屈了鄭莉。」

傅華說：「我自已裝修就好了，不需要花爸爸的錢了。」

趙凱說：「你一定要跟我分得這麼清楚嗎？」

傅華不好再說什麼，笑了笑說：「那就聽爸爸的安排了。」

趙凱交代說：「你先回家裏住吧，把屋子騰出來，我知道小婷去澳洲之後，家裡你並沒做什麼改變，就先把一些照片拿掉，別讓鄭莉看了，還以為你舊情難忘。」

傅華苦笑說：「再怎麼拆，有些事情還是無法一筆抹殺的。」

雖然傅華現在跟鄭莉在熱戀當中，可是也無法真的抹掉對趙婷的記憶，更何況他們之間還有一個兒子呢。

趙凱拍了拍傅華的肩膀，他的心境其實也很複雜，便勸解說：「你要學著往前看，時間會沖淡一切的。」

海川。

穆廣很快就感受到金達身上的變化，他嗅到了一絲危險的氣息。

當金達召開市長碰頭會，說他要暫時放下手頭的工作，下去做關於海川海洋經濟發展調研的時候，穆廣還沒感受到金達對他的態度已經開始轉變了，他覺得這是金達的書生氣又發作了。

像這種書生型的幹部就是這個樣子，動不動就想要做什麼調研，似乎是想證明他們的行為不僅僅是從書本上照搬下來的，還有一定的實踐基礎。

可是隨著金達調研的展開，穆廣就感覺到他這一次行動的不一樣了。

金達調研的第一站，選擇了海川市海岸線最長、海洋養殖業相對來說還算不錯的海平區。

穆廣聽金達說要第一站去海平，心中就有了一個主意，他想讓錢總安排一下，讓金達去參觀雲龍公司的旅遊休閒度假區，最好是讓金達為這個休閒度假區題個字，或者做出什麼指示之類的，這樣就能讓雲龍公司的旅遊度假區戴上市長支持的帽子，相對來說，也讓這個項目多了一層保護傘，從而可以避免不必要的麻煩。

最主要的是，穆廣是想讓這個項目跟金達扯上關係，那將來這個項目如果出了什麼問題，承擔責任的第一人就是金達，而非他穆廣了。

之前度假區出了張輝來採訪的事情，讓穆廣心中有了警惕，他意識到這個項目存在一定的危險性，而關注這個項目的，可能不僅僅是海川本地的人，他對這個項目的保護，實際上並不能完全讓這個項目安全無事。今天一個張輝可以出現在海川採訪，明天就可能有李輝、王輝之類的記者也會嗅到味道跑來採訪的，如果都要像擺平張輝那樣子去擺平，錢總將會應付不過來，遲早這個項目會被曝光於天下。如果不再多幾道安全屏障，可能會有大麻煩的。

穆廣這個人向來是未雨綢繆，因此在金達確定第二天要去海平區的時候，他就打電話給錢總，告知錢總金達要去海平區做調研的事。

錢總一開始還沒反應過來，他以為穆廣是想讓他注意防範金達，因此聽完之後，說：「穆副市長，你的意思是說，怕金達來我們這裏調查嗎？需要我們暫停下來等金達離開嗎？」

穆廣笑說：「老錢啊，你怎麼成驚弓之鳥了？我不是這個意思，金達對這個項目並不反對，我是想讓你想辦法請他去你們的工地看一看，讓他為你們題題字、做做指示什麼的，你的項目畢竟是省級重點保護的招商項目，請市長去看看也是情理中的事。」

錢總說：「是這樣啊。穆副市長，乾脆您幫我跟他打個招呼算了，到時候他來海平區，我就去拜訪他，說是您讓我去找他的。」

穆廣罵說：「你是傻子啊，我能讓他知道我跟你們公司的關係嗎？他如果知道了我跟你們的關係，我再幫你們說話，他就會懷疑我了。你讓海平區的區長陳鵬帶你去，這是他轄下的工程，他出面也合情理。」

錢總說：「那行，我馬上就找陳鵬。」

穆廣又交代說：「記住，一定要想辦法籠絡住金達，不過不能向他行賄什麼的，他這個人不喜歡這一套，你只需要多說些他的好話，對他多尊重一些，再是多說一些你們這個項目可以給海川帶來的貢獻就行了。他這個人是很好糊弄的，你如果能讓他對你們的項目有好印象，以後有什麼事情他就會護著你們的，這樣也好避免一些別有居心的傢伙一再跑去騷擾你們，明白嗎？」

錢總笑笑說：「我明白了，放心吧，好話我可是一肚子呢，保準讓金達熨熨貼貼的。」

穆廣說：「那你就去辦吧。」

錢總就馬上給陳鵬打電話，陳鵬此時已經接到了市裏的通知，說是市長金達要來海平區調研海洋經濟，他正跟區委書記顏炳召集了緊急會議，研究如何接待金達的到來呢。

他接了錢總的電話，低聲說了句在開會呢，就掛了電話。

會議開到很晚，結束後，陳鵬打電話給錢總，很疲憊的說：「老錢啊，找我幹嘛？」

錢總問說：「陳區長，聽說金達市長要下來海平區？」

陳鵬說：「你消息倒很靈通，我們才在研究如何接待他呢，他下來與你有什麼相關的嗎？」

錢總說：「是這樣子，我想請他過來我這個項目看看，不知道行不行啊？」

陳鵬想了想說：「這個好像不太行吧，他這次點明了是下來調研海洋經濟的，你的項目似乎與這個不相干啊？」

錢總笑說：「怎麼不相干？白灘依山傍海，我這也算是一個海洋生態旅遊項目啊。」

陳鵬被逗笑了，說：「什麼海洋生態旅遊項目，你就胡扯吧。你跟我老實說，你究竟想幹什麼？」

錢總不好意思地說：「我是想讓金市長過來看看我們這個省級重點招商的項目，給我們一點指示什麼的，好讓我們能夠更好地發展。」

陳鵬馬上就明白錢總想要幹什麼了，他是想攀上金達這棵大樹，讓雲龍公司的項目多一層保護傘。

陳鵬對此自然也是不反對的，他也希望市裏面多一些領導支持雲龍公司的這個項目，他心裏很清楚這個項目是違規上馬的，多一些市領導支持，他這個區長壓力也可以減輕很多。

陳鵬笑說：「那你想怎麼做？」

錢總說：「我是想讓區長找個機會把我引薦給金市長，剩下的事情我自己會處理的。」

陳鵬考慮了一下說：「行，這件事情我能幫你辦到，你等我電話吧。」

錢總笑著說：「那就先謝謝了。」

第二天，顏炳、陳鵬帶著區委區政府的一眾領導，等在海川市區和海平區之間的界碑那裏，準備迎接金達的到來。

九點半多一點，金達的車到了，顏炳和陳鵬趕忙從車裏下來，等在路邊。

金達在車裏遠遠就看到顏炳、陳鵬等在路邊，眉頭皺了一下，他並不喜歡這種下級跑這麼遠來迎接他的方式，市裏也曾下公文要求簡化這種迎來送往的繁文縟節，可是每每下級幹部還是這麼做，而且樂此不疲，似乎只有這樣子才能表達他們對領導的尊重。

金達雖然不喜歡這種方式，可是也不想讓下面的同志下不來台，給他們留下架子很大的印象，便讓司機停車，自己下了車跟顏炳、陳鵬等一眾幹部握手，一邊對顏炳說：「老嚴啊，市裏面不是說不需要這麼迎接嗎？」

顏炳笑笑說：「同志們也是想早一點見到金市長嘛，說到這裏，我可要說一句不該說的話了，金市長，您上任這麼久才來我們海平，好像我們海平是後娘養的似的，我們這些下面的幹部都渴望能夠早一點親聆您的指示，所以跑這麼遠來迎接您也是正常的。」

金達聽了，說：「看來還是我不好，沒有早一點來看下面的同志。」

握手寒暄完畢，一行人這才上了車，去了海平區區委。

在會議室裏，顏炳和陳鵬陪金達坐下來後，就要拉開架勢做彙報。

金達不想讓區裏的彙報給他留下一個先入為主的觀點，他下來是想找出問題、解決問題的，而非聽取制式的那一套報告，就攔住了顏炳他們，說：

「顏炳同志、陳鵬同志，我這次下來是想實地考察，去看看我們海平區海洋經濟的發展狀況，你們先不要急著跟我彙報，等我看完之後，再來聽你們的回報好不好？」

做了一夜準備的資料看來用不上了，顏炳心中未免有些小失望，不過這時候只有服從領導意志了，就看了看金達，說：「那金市長您先看哪裡呢？」

金達說：「我主要想看看海洋養殖、捕撈以及海產品加工方面的企業，看看它們的發展狀況，以及存在什麼需要解決的問題。你們也不用這麼大隊人馬陪著我了，讓海洋局的同志陪著我就行了。」

顏炳和陳鵬事先已經準備了幾個讓金達去看的點，就彙報給金達，金達聽完後，點頭同意了。

中午簡單的吃了午飯，下午金達就開始他的調研工作。

雖然金達說只讓海洋局的同志陪著他就好，可是顏炳、陳鵬還是堅持要陪同，金達讓步了，同意讓區長陳鵬陪同，顏炳這才去忙他自己的工作去了。

金達先去海平區的一個海產品養殖的海域，在海邊跟養殖戶們交流，問他們的養殖情況和收入狀況。

養殖戶們面對市長，一開始都顯得有些拘束，後來看金達似乎對海產養殖很熟悉，很多地方都能說到重點上，就慢慢拉開話匣子，大膽的把他們的想法說給金達聽。

從談話當中，金達瞭解到養殖戶們擔心的問題，知道這個地帶搞海產養殖多年，由於多年投放餌料，大量的餌料沉積在海底，海水滋生了很多的病菌，海參和對蝦的養殖就常常出現大面積的病害，讓養殖戶們損失很大，也限制了海產品養殖的發展。

金達問在一旁的陳鵬知不知道這個問題，陳鵬回說：「金市長，這個問題我們是知道的，也知道問題的根源在哪裡，可是暫時還沒辦法能夠解決。」

金達說：「為什麼這麼說？」

陳鵬說：「金市長，其實問題的根源是，這片海域的自然循環被扯斷了，海域的自潔能力被大大的降低所致。您看到我們來時走過的十里長堤了嗎？」

金達點點頭，說：「我看到了，與它有關嗎？」

陳鵬說：「對，其實海川市是一個伸進海洋中的半島，這個十里長堤是為了防範海嘯而建的，現在卻被人為地分為了外海和內海，這片海域，海水原本是可以自然循環的，可是變成內海之後，自然循環的程度就降低了很多，加上周邊一些工廠的排污口也設在這片海域，就造成了這裏的海域污染程度很高。」

金達說：「這個問題可以得到解決，既然長堤是造成這個問題的原因，是不是可以想辦法把它改造一下，比如說把中間部分掘開，改建成橋梁，這樣既可維持原有道路的通暢，也可以解決海水的自然循環問題。你們海平區研究研究，拿出個方案來，資金如果不足，可以讓市財政補助一些的。」

陳鵬聽了，高興的說：「這太好了，這下子，困擾我們這片海域的問題就可以迎刃而解了。」

看完這片養殖海域，已經下午六點了，天色已晚，金達就和陳鵬往回走。

在車上，陳鵬對金達說：「金市長，有個事情我想請示您一下。」

金達跑了一下午，已經有些疲憊了，靠在後車座上，說：「什麼事情啊？」

陳鵬說：「是這樣，我們這裏有一個省級的外商投資項目，是利用我們海平區優美的山水風景開發的旅遊度假項目，投資額五億，他們的老闆聽說金市長您到我們區裏來調研，特別打電話給我，想要我邀請您去他那裏看看。」

金達並沒當回事，笑了笑說：「現在這些老闆，真是無孔不入啊，都想跟我們這些政府官員搭上關係啊。」

陳鵬聽金達話裏並沒有什麼反感的意思，就笑笑說：「我們這些下面的幹部為了發展經濟，也不得不跟這些老闆們周旋啊，只有處好關係，他們才會願意在這裏投更多的資。」

金達點了點頭，心中就有些過去看看的意思，說：「處好關係是對的，他公司叫什麼名字啊？」

陳鵬說：「叫雲龍公司，老總姓錢，在白灘那裏開發了一個休閒旅遊度假區。」

金達愣了一下，他聽傅華說過這個雲龍公司，更知道雲龍公司與穆廣有著千絲萬縷的聯繫，他抬頭看了看陳鵬，心說：看來這個陳鵬也是穆廣一條線上的啊。

金達目前不想處理雲龍公司的事情，更不想跟雲龍公司牽上什麼關係，就笑了笑說：「我這一次下來主要是想看看海平的海洋經濟發展狀況的，這個雲龍公司我還是不去了吧。」

陳鵬原以為金達已經準備去雲龍公司參觀了，現在金達突然轉變態度，不由得愣了一下，他有些不甘心，便說：「其實他們的項目也是和海洋經濟有關的，金市長您是不是給他們一點面子，去看看呢？」

金達心裏有些不高興了，心說：你這個陳鵬是不是吃了對方什麼東西啊，非要把我拖去這個違規的項目？

他看了看陳鵬，並不想點破陳鵬，便笑笑說：「陳鵬同志啊，我這次行程安排得很緊，也抽不出時間來，這一次就算了，以後有機會再說吧。」

陳鵬不好再說什麼，將金達送到賓館，陪金達吃完飯就離開了。

錢總等了一天，沒等到陳鵬方面的消息，就打電話給陳鵬，問陳鵬有沒有跟金達說自己想邀請他來工地的事情。

陳鵬在金達那裏碰了一個軟釘子，就沒好氣的說：「說了，可是金達說這次沒時間，以後有機會再說吧。」

錢總愣了一下，他很不滿意這個結果，便說：「陳區長，你是不是沒好好跟他說啊？」

陳鵬說：「你拜託我的事情，我能不好好說嗎？」

錢總說：「好好說了，為什麼金達還是不願意來啊？他就一點不給你這個地主面子？」

陳鵬納悶說：「這件事情我也感覺很奇怪，原本談的好好地，他還說跟你們這些老闆處好關係是對的，可是一聽你們公司的名字，態度馬上就變了，說什麼這次主要是來看海平區海洋經濟的發展狀況的，你們那裏就不去了。我不死心，還瞎扯說你們也算是海洋旅遊項目，結果金達乾脆直接拒絕了。我有一種感覺，他似乎對你們公司有什麼意見。」

錢總說：「我們從來沒跟金達打過交道，他能對我們有什麼意見？」

陳鵬說：「反正現在就是這麼一種狀況，金達不想去，我也幫不了你。我看這件事情就這麼算了吧。」

錢總沉吟了一會兒，他並不想就此甘休，不光是因為穆廣有交代，他自己也想跟金達攀上關係。一個城市的市長即使再沒有能力，也會比一個副市長的影響力大，能攀上市長，也是為雲龍公司增加一道屏障。錢總已經厭煩隔三岔五就有人上門來找麻煩這種局面了，他渴望給雲龍公司鍍上市長這一層金。

錢總笑說：「陳區長，怎麼能就這麼算了呢？金市長沒時間來我們雲龍公司，我可有時間去見他的。」

陳鵬愣了一下，如果錢總硬闖上門，惹惱了金達，他可是要吃不了兜著走的，便說：「老錢啊，你想幹什麼？我跟你說，你可別給我惹麻煩啊？」

錢總笑說：「你別怕啊，陳區長，我什麼時候給你惹上麻煩過嗎？沒有吧。」

陳鵬說：「那你想要怎麼辦？」

錢總說：「這樣子，你給我製造個機會，讓我能偶遇一下金市長，這樣的話，金市長估計也不好說你什麼吧？」

陳鵬質疑說：「這好嗎？」

錢總說：「這有什麼不好的，我跟你們迎頭撞上了，你向市長介紹一下我也是合情合理的事。拜託了，陳區長。」

陳鵬不好拒絕，只好說：「好吧，明天我還會跟金達一起出去調研，晚上我們會一起回賓館，到時候我會事先安排人通知你，你就在賓館大廳裏等著吧。」

錢總笑了笑說：「我就知道你陳區長夠朋友。」

一波三折

整個重組案可謂一波三折，先是賈吳和潘濤出事，後來潘濤死亡，
賈吳又被調離了證監會，重組的審查雖然繼續進行，
可是整個形勢已經大變，這個審查案就這樣子被拖著不能結束。
現在又出了問題，怎麼能讓傅華不著急呢？

第二天，陳鵬一早就去賓館陪金達吃了早餐，然後出發開始調研工作。分別看了兩家海產品出口加工企業，一家企業是加工魷魚對蝦的，另一家則是專門生產熟食海參的。兩家企業都是對日韓出口。

那家加工熟食海參的公司剛剛因為開發出熟食海參這種新產品，還在日本拿到了一個食品博覽會的大獎。

金達對此十分的讚賞，鼓勵這家企業的老總說：「我們就需要你們這種創新性的企業，你為我們海川的海產品加工業爭得了榮譽啊。」

金達還叮囑陳鵬，讓陳鵬要多關注這家熟食海參企業，協助企業解決發展中遇到的困難，從而促進這種創新型的企業健康的發展。

熟食海參企業的老總見市長這麼高興，趁機提出請金達留下來吃晚飯，金達愉快地答應了下來，一行人就留下來吃了晚飯。

晚飯結束後，陳鵬陪金達回賓館。

到了賓館門口，下了車，陳鵬就要往裏送金達，金達笑笑說：「陳區長，你跟著我跑了一天，應該也累了，早點回去休息吧，就不用送我進去了。」

陳鵬笑了笑說：「那我就回去了。」

正在這個時候，錢總從賓館大門走了出來，一眼看到陳鵬，就笑著說：「陳區長，你來送朋友啊。」

陳鵬一副好像沒想到錢總會出現在這裏的表情，笑了笑說：「這麼巧啊，錢總，你這是？」

錢總說：「剛剛在這裏跟朋友吃飯，正要離開，沒想到就遇到了你們。你送的這位朋友是？」

陳鵬並沒有馬上給兩人做介紹，他看了看金達，低聲說：「金市長，這個錢總就是昨天我跟你說過的那家雲龍公司的老總，沒想到會在這裏碰到。」

金達心中有些懷疑這一切是陳鵬故意安排好的，哪有這麼巧，昨天他才拒絕要去雲龍公司，今天就在這裏碰到了雲龍公司的老總。

錢總沒等金達有所表示，臉上堆起了笑，雙手伸出來，高興的說：「我認出來了，您是我們海川市的金達市長，我說怎麼那麼眼熟呢，我經常在海川的新聞中看到您。」

金達這時候不能再不搭理錢總了，便跟錢總握了握手，說：「你好，錢總是吧，陳區長跟我提起過你，感謝你選擇在我們海平區投資興業。」

錢總笑笑說：「金市長說感謝就太客氣了，其實我們這些商人都是唯利是圖的，我之所以會選擇海平投資，也是感覺海川在您英明的領導下，給我們創造了一個適合發展的環境。」

如果金達不知道這個錢總跟穆廣之間的關係，錢總的這幾句話會讓他聽著很舒服的，可是他已經知道了錢總跟穆廣之間的關係，明白錢總是利用和穆廣的關係來海川賺錢的，便知道錢總這是故意拍他的馬屁。

他對這種虛偽很反感，心裏就跟吃了一隻蒼蠅一樣彆扭，但他還不得不表面應付一下。

他笑了笑說：「錢總這話太過了，我金達也沒做過什麼，你之所以感覺我們這裏適合你發展，是因為我們海川市政府制定了維護來這裏投資的每一個朋友合法利益的良好政策。」

錢總說：「金市長真是一個謙虛的人，海川市政府還不是在您的領導之下嗎？對了，我聽說您要來海平調研的消息，曾經跟陳區長提出想邀請您去我們雲龍公司在這裏發展的旅遊度假區項目看一看，不知道陳區長跟您說過沒有。」

陳鵬說：「錢總，這件事情我跟金市長講過了，不過金市長這次行程很緊湊，抽不出時間來。」

金達聽了，也說：「是呀，我這次行程真是安排得很滿，等下次有機會吧。」

錢總滿臉的遺憾：「是這樣啊，其實去我那裏也不需要多少時間的，金市長，您就不能抽出一兩個小時過來看一下？我們雲龍公司真的是希望能得到您的指導。」

見錢總還來糾纏，金達越發反感，知道一時也很難擺脫，索性就想跟眼前這兩個人玩一玩，讓他們知道我金達可也不是隨便就可以戲弄的，便笑了笑說：

「指導就不敢了，不過錢總放心，我們海川市有一個基本原則，只要是合法合規的項目，我們都會盡全力保護，不讓這個項目的經營受到一點阻礙；但是如果項目違法違規，我們也不會有一絲一毫的姑息的。錢總的項目應該沒什麼違法違規的地方吧？」

錢總的臉色稍稍變了，不過很快就恢復了正常，他感覺金達似乎是話中有話，是在說他的項目存在違法違規的問題。這在他事先的設想當中可是沒有的。難道金達真的對他這個項目有了意見？

錢總強笑了笑，說：「當然沒有了，我們項目可是省裏的重點招商項目呢，怎麼會有違法違規的問題呢？」

金達又看了看陳鵬，說：「真是這樣的嗎，陳區長？」

陳鵬也尷尬了一下，他當然知道錢總這個項目根本就是掛羊頭賣狗肉，不但有問題，而且問題還很大。現在金達問他是不是這樣子，是要讓他給這個項目下保證，而下了保證，他今後就必須要為這個項目承擔責任的。

陳鵬感覺金達似乎是察覺到了什麼，他開始後悔答應錢總安排這一場偶遇了，現在錢總倒是跟金達偶遇上了，可是金達表現出來的並不太友善，不但沒有去雲龍公司看看的意思，現在更是用這個話題想要把他給繞進去。

可是陳鵬這時候已經是開弓沒有回頭箭了，否則就等於是在金達面前承認了這個項目是有問題的，他必須硬著頭皮給錢總做這個擔保。

他笑笑說：「當然了，這也是我們區裏的重點發展項目，怎麼會有違法違規的問題呢？金市長，您真會開玩笑。」

金達說：「既然陳區長下了這個保證，那就是沒問題了。錢總啊，那我去不去都無所謂了。只要你合法經營，從海平區政府到我們海川市政府的每一個人，都會保護你們正常的生產經營秩序的。」

錢總乾笑了一下，說：「我也就是想請您去看看我們公司的發展狀況，並沒有其他的意思的。」

話都說到這份上了，錢總還不趕緊離開，金達覺得錢總簡直太不識趣了，既然是這樣，那就陪他繼續玩下去吧。

金達玩心上來了，他看了看錢總，笑說：「哦，我明白了，是不是有些幹部去騷擾過你們公司啊，如果有的話，錢總你就放大膽的說，今天陳區長和我都在這裏，我們對這種幹部一定會給與紀律處分的。」

錢總更尷尬了，他沒想到金達會這麼說，他笑了笑說：「不是的金市長，沒有領導去我們公司騷擾過。」

金達看了看陳鵬，笑笑說：「陳區長，是不是你在這裏，錢總就是有些不滿也不好意思說啊？」

陳鵬有點慌了，說：「金市長，不是的，我知道我們區裏並沒有這種狀況的。錢總，你看這事叫你鬧得，你讓金市長以為我們區裏對你們公司有什麼不好的地方了。」

錢總趕忙解釋說：「金市長，您真是誤會了，我真的只是想請您過去看看而已，並不是海平區的領導們對我們有什麼不好的地方，他們對我們挺好的。」

金達看兩人局促的樣子，心中暗自好笑，心說：你們倆合起夥來想要安排套子給我鑽，以為我真是傻瓜啊？我一個市長又豈是你們說要擺佈就可以擺佈的？你們倆也夠蠢的，連我逗你們都看不出來。

金達便笑笑說：「哦，沒有是最好的了，陳區長，你還記得我昨天我跟你說過一句話，說我們這些做幹部的，跟老闆們處好關係是對的。」

陳鵬趕忙說：「對對，金市長您是這樣說過。」

金達說：「但是呢，我這話只說了一半，還有一個前提沒說出來，跟老闆們處好關係是對的這誠然不錯，可是這是要在我們這些幹部廉潔自律的基礎之上的，這裏面又包括兩方面，一是我們不能故意給老闆們製造麻煩，從而獲取自己想要的利益；另一方面，我們也不能接受老闆們的好處，為他們謀取不當的利益。這些不知道陳區長心裏明白嗎？」

金達這已經擺明是在敲打陳鵬了，他想到今天這場偶遇是陳鵬和錢總故意安排出來的，就越發懷疑陳鵬與錢總之間一定有什麼利益輸送的關係，在他印象中，這個陳鵬是從基層一步步幹起來，很有能力的一個幹部，他可不想看陳鵬滑向犯罪的深淵，因此就想趁機警告他一下。

陳鵬自然不會不明白金達敲打他的意思，他不敢去看金達的眼睛，臉上的笑容也僵住了，強自鎮定的說：「我明白的，金市長，這是我們這些做幹部的應該謹守的本分。」

「對，就是我們幹部的本分。」金達又看了看錢總，笑笑說：「錢總，我們也歡迎你們這些社會人士對我們的幹部多加監督，如果他們有什麼不法的情況，你可以向有關部門反映。好啦，時間不早了，我們是不是就這樣吧？」

錢總點點頭，說：「那就不耽擱金市長休息了，再見。」

金達跟錢總握了握手，說：「再見。」

陳鵬也跟金達握了握手，說：「再見，金市長。」

金達拍了拍陳鵬的肩膀，笑笑說：「再見了。」

握完手，金達轉身走進賓館，陳鵬心裏恨錢總弄巧成拙，便狠狠地瞪了他一眼，說了聲：「那我們也再見吧！」轉身上了自己的車，揚長而去。

錢總站在那裏呆了半晌，他沒想到金達竟然這麼難對付，原本他以為金達不過是個書呆子，自己說幾句好話就足以擺平，現在不但沒達到籠絡金達的目的，還被金達戲耍了一通，這實在是說不通啊。

自己跟金達並沒有發生什麼衝突啊？為什麼他會這麼夾槍帶棒的對待自己呢？穆廣說他對自己的項目也並沒有什麼反對的意見，那他這麼對待自己就有些耐人尋味了。

錢總剛上了車，陳鵬的電話就打了過來。

陳鵬很不高興的說：「這下子你滿意了？」

錢總陪笑著說：「我也沒想到金達會是這樣一個態度啊？」

陳鵬說：「你沒想到，我可想到了，金達這是看穿了我們倆碰面是事先就設計好的，他不高興被設計，還懷疑我是收了你的好處才這麼做，所以才會這麼修理你和我的。你叫我怎麼說你呢老錢，剛才見機不好為什麼還不趕緊閃人啊，還拼命去跟金達套交情，你以前的機靈勁哪裡去了？」

錢總苦笑了一下，說：「我也沒想到金達會這樣做啊，我還以為他會給你留點面子呢。」

陳鵬沒好氣的說：「他是我領導，不需要做面子給我的。這下子被你害死了，他心中肯定對我種下了受賄的壞印象了。」

錢總說：「好啦，陳區長，我知道今天是我不好，我以後會想辦法補償你的。」

陳鵬說：「補償，你能怎麼補償啊？你這下子可是會壞了我的前途，知道嗎？你拿什麼補償？」

陳鵬越說越氣，啪的一聲扣了電話。

錢總呆了半晌，陳鵬還是第一次這麼對待他，這讓他心裏很不是滋味，同時感覺到一絲危險的氣息，金達一再的拒絕去他的雲龍公司，是不是在刻意回避什麼？難道是上面知道了自己的違規情況，想要查辦了嗎？

想到這裏，錢總更加忐忑不安了，他趕緊打電話給穆廣，也許穆廣會知道點什麼。

穆廣此時正在關蓮身上忙活得正歡呢，手機響了，他不想去接，繼續在關蓮身上運動著，就讓手機響著，心想手機響過一段時間，對方看沒人接就會知趣的掛斷。

這邊錢總急切的想要跟穆廣通上話，穆廣卻一直不接電話，他不知道穆廣是什麼原因不接電話，心裏越發七上八下，就更想趕緊能夠跟穆廣聯繫上，便堅持不懈的撥打著。

手機的響聲影響了穆廣，他的動作慢了下來，身下的關蓮也被鈴聲弄得情緒很煩躁，推了推穆廣，說：「你還是接了吧，這一聲聲跟追命似的，煩死人了。」

穆廣只好把手機拿了起來，看看是錢總的電話，不高興的說：「老錢啊，你怎麼回事啊，半夜三更的，你打什麼電話啊？」

錢總說：「穆副書記，您總算接電話了，我還以為連你也不理我了呢。」

穆廣說：「怎麼了？發生什麼事情了嗎？」

錢總說：「我按照你的吩咐去找了金達，可是事情並不是想像的那個樣子。」

錢總就講了他跟金達接觸的情形，然後問穆廣：「穆副市長，你說金達這麼對我和陳鵬究竟是為什麼啊？難道他真的是因為知道我和陳鵬設計了這場碰面的戲而生氣的緣故嗎？」

穆廣沉吟了一會兒，他覺得事情絕對不是這麼簡單。難道是金達對錢總正在開發的項目有所反感嗎？不應該啊，穆廣曾經跟金達討論過這種變相開發高爾夫球項目的問題，當時金達並不反對這麼做啊？

可是除了這方面，又沒有其他的解釋。那是什麼原因促使金達有了這麼大的轉變呢？

穆廣細細品味，越發覺得金達敲打錢總和陳鵬的話是話中有話，好像金達知道陳鵬和錢總是私下勾結，違規開發了這個項目似的，那他知不知道自己在這其中也是有份的呢？

想到這裏，穆廣心中一凜，他覺得金達肯定是知道了錢總跟他之間是有關聯的。肯定是有人在金達面前說過些什麼，不然的話，金達也不會一聽錢總和雲龍公司就馬上轉變了口風，拒絕去雲龍公司看看了。

相對來說，金達對自己也開始產生懷疑了，這對穆廣來說可不是一個好消息，他好不容易才把自己跟金達拴到了同一陣線上，現在就這樣輕易被破壞掉了。

不用說，自己跟錢總聯繫密切，這情況肯定是傅華透露出去的。雖然這次因為傅華和他女朋友被查房的事，金達和傅華的和解大戲並沒有上演，但是難保傅華在這期間就沒跟金達說過什麼。

且慢，金達和傅華的和解大戲真的沒上演嗎？還是做過秘密演出了自己卻不知道？

據說原本傅華是準備在安德森公司撤出談判的當天就返回北京的，可是傅華卻改到了第二天才回北京，他為什麼要多留一晚呢？而這多留的一晚當中又發生了什麼事？是不是這多留的一晚就是為了跟金達見面呢？

穆廣馬上想起那晚金達似乎並沒有什麼公開的活動，好像下班不久就離開了市府辦公大樓，之後就行蹤不明。也許這行蹤不明的時間就是去見傅華了。

一定是！不然的話，金達的轉變就無從解釋了。

自己真是笨啊，竟然被金達的障眼法給愚弄住了，沒想到金達和傅華在自己的眼皮底下竟然如此搞鬼。

穆廣說：「老錢啊，事情不是你想的這麼簡單。」

錢總緊張了起來，這印證了他的猜測，上面似乎是要對這個項目動手了，他說：「那

是不是市裏面對這個項目有什麼行動了啊？」

穆廣猜測金達還沒有這種氣魄，而且，如果金達真想要對這個項目動手的話，他和傅華的見面也不需要那麼鬼鬼祟祟了。

穆廣說：「不會的老錢，你別這麼緊張，現在市裏面沒有這個動向，如果真有什麼動向，我肯定會知道，那我還有不通知你的道理嗎？」

錢總苦笑說：「那我就搞不明白了，既然金達並不想動我，他為什麼還對我這個態度呢？伸手還不打笑臉人呢，我已經夠奉承他的啦。」

穆廣說：「你不知道，是有人在背後跟你搗亂呢。」

既然猜到傅華跟金達見過面，穆廣現在對整件事大體有了一個脈絡，他相信問題的癥結不在別人，就是在傅華身上。

張輝回鄉暗訪雲龍公司高爾夫球場項目的時候，穆廣心中就在猜測北京那邊肯定有人向張輝透露過什麼，他不相信白灘附近的農民們會有反對高爾夫球場這種意識。

那就是有好管閒事的人跟張輝透露了高爾夫球場的情況，這個人應該對海川的情況極為瞭解，想來想去，符合這種狀況的人也就只有傅華了。也只有傅華對自己跟錢總的往來知根知底。

穆廣十分後悔不該一開始將很多事情暴露在傅華面前，不然的話，後面也不會生出這麼多事情來。他也沒想到傅華這個小小的駐京辦主任竟然會這麼多管閒事，原本他以為像這種角色應該是懂得看領導眼色行事，知道為領導遮掩的。真是大意失荊州啊。

錢總問：「誰啊，誰這麼大膽子竟然跟我們作對？」

穆廣冷笑說：「還會有誰啊，傅華唄，我想肯定是這傢伙在背後搞鬼的。金達對你這個態度，八成是傅華對他說了什麼。就連張輝的那件事，我想傅華也逃不了干係。」

錢總也想不出第二個解釋，便罵說：「媽的，我是踩到他的尾巴了，他這樣子來對我？我這可是幾億的投資，身家性命都在裏面，他幹嘛非要這麼跟我過不去？真要是惹惱了我，我弄死這個小子。」

穆廣心裏跟錢總也是一樣的想法，便說：「我們總有跟他算總賬的一天的，你還有別的事嗎？」

錢總說：「別的事情倒是沒有，只是金達現在對我們這個項目是這個態度，我心裏總是彆扭，說不定哪一天他就會來查我的。最好是能想個什麼辦法搞定他。穆副市長，您就不能幫我說說嗎？或者你幫我跟他牽個線，讓我跟他建立起一個良好的關係。」

錢總一想到有這個隱患存在，就很難安心。

穆廣心知以金達過去對傅華的信賴程度，金達以後什麼重要的事一定會徵詢傅華的意見的，加上金達現在對自己也產生了不信任感，讓他出面牽線讓金達跟錢總建立聯繫，不但不會產生什麼好的結果，相反會讓金達對自己更加不信任。

穆廣說：「目前我不能給你牽這個線，現在金達對我也不太信任。不過你也不用太過於擔心，稍安勿躁，我還是可以制住金達的，我想他一段時間之內不會有什麼行動的。」

錢總說：「這樣啊，好吧，就暫且先看看情形再說吧。」

錢總就掛了電話。

穆廣上了床，現在他已經沒有心情再去跟關蓮做床上運動了，悶悶地躺了下來。

第二天，陳鵬還是一早就去賓館陪金達吃早餐，他偷偷觀察著金達的臉色，看金達沒有因為昨晚的事臉色不好看，稍稍放下心來。

金達上午又跟陳鵬走訪了幾個有漁船的村子，向漁民們瞭解了海洋捕撈方面的情況，也瞭解了漁民們對夏季休漁政策的看法。

漁民表示現在往往要把船開出去很遠才能捕撈到魚蝦，而漁船用的柴油價格日漸高昂，他們的謀生變得越來越困難。

金達也知道由於近年來沒有控制，大量的捕撈，近海魚類已近枯竭，某些種類甚至絕種，這是沿海地區漁業普遍面臨的困境，暫時也沒有好的辦法來恢復近海的海洋生態。因此金達只能叮囑陳鵬，要他多關注這些漁民的生活，適當的給他們提供幫助，讓他們在目前這種狀況之下能夠維持生計，不要讓他們的生活發生困難。

下午，金達和陳鵬回到海平區政府，聽取了海平區做的海洋經濟發展狀況的彙報。

會議結束之後，顏炳和陳鵬一起陪著金達吃晚飯。到此，金達對海平區的調研算是結束了，金達對看到的情況都還算是滿意，顏炳和陳鵬心中都鬆了口氣，這次接待總算是畫上了一個完美的句號。

北京，茶馬古道餐廳。

傅華帶鄭莉走進餐廳時，還以為走錯了地方，餐廳整體給人一種博物館的感覺，門口迎賓的櫥窗裏擺放著畫冊，餐廳東面一側的牆上懸掛著巨幅的油畫作品。整個餐廳藝術氣息濃厚。

餐廳靠馬路的一側是落地窗，二層的地板和樓梯使用的是鋼化玻璃材料，透明感十足，只是女孩穿裙子上下可能不方便，因為要小心走光。

借力於全新的藝術概念設計，這家餐廳還被美國《時代週刊》譽為亞洲最佳餐館。傅華也是因為這個名頭，才帶鄭莉過來的。

這家餐廳屬於雲南菜系，涵蓋了雲南各少數民族的特色菜品。鄭莉很喜歡這裏的乾煸四季豆，四季豆切成極細的絲煸炒，筷子夾上去脆到碎掉，味道香而不燥，很適合女孩子的口味。

趙凱已經將擇定的日子告知鄭家，鄭家沒有什麼意見，因此兩人現在是籌備結婚的階段。

傅華問鄭莉，說：「小莉啊，如果你沒意見，我想結婚後，就住在我那邊，好不好？」

鄭莉笑說：「可以呀，你那個地方也很不錯。」

傅華說：「按說我娶你應該想辦法買一間新房子的，可是你也知道北京的房價不是隨便可以買得起的，所以只好委屈你了。」

鄭莉握住了傅華的手，溫柔地說：「委屈什麼，我要嫁的是你這個人，而不是房子。你知道我不是追求物質的人。」

傅華笑笑說：「小莉，你真好。吃完飯，我們一起去看看那個房子吧，我想重新裝修一下，聽聽你的意見。」

鄭莉點點頭，說：「好。」

說到了去看房子，兩人的心思就不在吃飯上了，草草吃完之後，兩人就直奔笙篁雅舍，傅華開門之後，鄭莉跟著他走進了房間。

鄭莉是來過這個房子的，擺設基本上還是老樣子，只是原來牆壁上掛照片的地方，現在拆掉了，留下一片很突兀的空白，讓人看了有些彆扭。

鄭莉知道這是傅華為了顧及她的感受，特別拿掉了他跟趙婷的合影，便笑了笑說：「傅華，其實你不用這個樣子的，我又不是那種沒度量的人。」

傅華說：「有些東西既然已經過去了，還是不要留在那裏的好。」

鄭莉不置可否的笑了笑，又跟著傅華四處看了看，這裏雖然趙凱是花了不少錢裝修的，可是經過幾年時間，有些款式也不再流行，倒還真有重新裝修一下的必要。

一到臥室，傅華的衣物凌亂的擺放在床上，鄭莉取笑說：「怎麼這麼亂啊？你們這些男人啊，沒個女人照顧就是不行。」

傅華不好意思的說：「這個房子就要裝修了，我馬上要搬出去，所以也沒收拾。」說著，順手抓起幾件衣服團成一塊，就要塞到櫃子裏去。

鄭莉看了說：「哪有這樣子收衣服的，給我吧。」順手就拿過衣服，一一展開，再一一疊好。

這種場景完全是夫妻居家過日子的景象，傅華在一旁看著，感受到了濃濃的家庭氛圍，忍不住伸手將鄭莉攬進懷裏，想去吻她。

鄭莉笑著推開傅華，說：「別鬧，我還沒疊完呢。」

傅華伸手將衣服撥開，說：「別管它了。」便強吻了下去。

鄭莉一開始還有些躲閃，但是傅華很快吻住了鄭莉的嘴唇，鄭莉慢慢被傅華的親吻軟化了，嬌軀像一團泥一樣化在了傅華的懷裏。

一種曖昧的氣息在悄悄的形成，喘息聲越來越急促，兩人都感覺整個房間熱了起來，熱血在兩人體內四處竄動，他們內心中都渴望能夠和對方徹底地融合在一起。

傅華的指尖在鄭莉的身體上游走著，鄭莉明顯可以感覺到自己的濕潤，也從傅華的嘴唇和指尖上捕捉到了這種濕潤，激情讓她的身體有一種戰慄的感覺，她忍不住幫傅華解開了衣扣。

這時，傅華腦海中還有僅存的一絲理智，他抓住了鄭莉的手，說：「我們還是等……」

鄭莉卻已經激情難抑了，沒等傅華說完，就嬌嗔道：「還要等什麼，難道今天又有警察會來敲門嗎？你就是不夠勇敢，你知道那晚我多麼渴望你當時就在我身邊啊？」

傅華早已渴望兩人合為一體，鄭莉這麼一說，擊碎了他腦海中最後的理智，他鬆開了鄭莉的手，也急促的幫鄭莉解開扣子，堰塞的潮水終於找到了出口。

傅華感到一種久違的迷人的沉醉，他暢游在鄭莉的身體裏。鄭莉也深深陶醉在其中，最後發出了迷人的哼聲。這是一種水乳交融的感覺，兩個相愛的人終於達到了他們渴望已久的親密和諧。

早上起來，鄭莉已經不在身邊，傅華走出臥室，就聞到一股煎雞蛋的味道，鄭莉穿著他的襯衣正在廚房裏忙活著，看到他便笑著說：「稍等一下，早餐馬上就好了。」

傅華走過去，從背後嗅了嗅鄭莉的脖子，壞笑著說：「你的味道真是可口。」

鄭莉笑說：「你給我乖乖的去坐下，別來攪亂我。」

傅華就去餐桌坐了下來，看著鄭莉。

他的襯衣鄭莉穿著並不合體，罩住了她的大半個身體，下面露出她修長白皙的雙腿，看在傅華眼中有一種別樣的妖嬈和性感，他稱讚說：「小莉，你穿我的襯衣還真好看。」

鄭莉說：「不知道為什麼，我一直很渴望能夠穿著男朋友的襯衣，做早餐給男朋友吃，正好我沒帶換洗的衣服，就抓你的衣服來穿了。」

說著，鄭莉將做好的早餐端給了傅華，傅華將她擁進懷裏，說：「那好，我希望以後你天天穿這樣做早餐給我吃。」

鄭莉點了傅華額頭一下，笑說：「去你的吧。」

兩人說笑著吃完了早餐，傅華將鄭莉送回去，然後去上班。

此刻他的心情很是愉快，羅雨看到他，都可以感受到他的容光煥發，笑著問他：「傅主任，你是遇到什麼好事了？」

傅華笑說：「沒什麼，早上起來心情不錯而已。」

羅雨一副曖昧地笑容說：「不對吧，看你眉眼帶笑的，肯定是遇到了一件大好事了。是不是跟女朋友……？」

傅華笑罵說：「去你的，趕緊工作去吧。」

傅華進了自己的辦公室，剛坐下，電話就響了起來。

他把話筒抓起來，說：「你好，哪位？」

對方笑了笑說：「傅主任倒是春風得意啊？」

傅華聽出是頂峰證券的談紅，臉上的笑容就收斂了一些，他知道談紅對他的情意，雖然他不想接受，可是也不好用自己現在的幸福去刺激對方，便平靜了一下，說：「是談經理啊，這麼早找我，是有什麼事情嗎？」

談紅說：「有什麼事情？傅主任忘記你們海川重機的案子還在我們公司處理了嗎？」

傅華聽出談紅的口氣有點不太友善，心說這女人還真是善妒，在知道自己有女朋友之後，說話也變得這麼不客氣了。

傅華現在心情大好，不想去跟談紅計較，便說：「當然沒忘了，怎麼了，是不是這個重組案子有什麼好消息了？」

「好消息，」談紅冷笑了一聲：「你以為一件重組的案子就這麼容易搞定啊？是出問題了！現在證監會傾向否定這個重組案，你還在家窮樂呢，你趕緊過來一下吧，我們商量一下對策。」

傅華的好心情一下子消失殆盡，海川重機的重組案已經延宕很久了，金達一直很關注重組案的進展，傅華也很想早一點完成。

但事情就是這樣奇怪，越是著急，就越是出麻煩。整個重組案子可謂一波三折，先是賈昊和潘濤出事，重組案也被擱置；後來潘濤死亡，調查告一段落，賈昊又被調離了證監會，重組的審查雖然繼續進行，可是整個形勢已經大變，頂峰證券再也不能在行內呼風喚雨了，這個審查案就這樣子被拖著不能結束。現在突然又說是出了問題，這怎麼能讓傅華不著急呢？

傅華說：「我馬上就過去。」

傅華匆忙趕去了頂峰證券，談紅在辦公室等著他。

傅華一進門就問道：「究竟怎麼回事啊？原本不是說沒問題了嗎？」

談紅苦笑了一下，說：「是啊，原本是說沒問題的，可是我們頂峰現在沒有了潘總，就處處走背字，現在內部傳出消息，說我們有一項條件不符合規定，所以傾向否決這個申請。」

傅華著急地說：「那怎麼行，你們趕緊找人溝通啊，這個案子我們市裏面可是急著想要重組完成的。」

談紅無奈地說：「你以為我不想啊？如果重組得不到批准，不光是你們損失，利得集團也會損失很大，我們對他們也不好交代。可是潘總走了之後，我們頂峰證券就少了有力人士的支持，這個時候你讓我們去找誰啊？」

傅華說：「不能跟賈昊聯繫一下？」

談紅笑說：「賈主任那邊原本是潘總的關係，我跟他可是直接聯繫不上的，我叫你來，就是想問問你可不可以跟賈昊聯繫一下。」

傅華聽了，說：「是這樣啊，我試試看吧。」

第七章

色中餓鬼

談紅穿著一身剪裁得體的套裝，把她完美的身材曲線都襯托了出來，
景處長一看，眼睛亮了起來。
傅華和賈昊見景處長這種作派，不由得相互看了一眼，
這傢伙看到談紅簡直是一副色中餓鬼的樣子，看來今晚的事情有戲了。

傅華就撥通了賈昊的電話，說：「師兄啊，你在新的單位怎麼樣啊？」

賈昊就任聯合銀行的行長助理也有些日子了，他到了新的單位之後，又變得忙碌起來，這段時間很少跟傅華聯繫，傅華還真不知道他在新單位的狀況如何。

賈昊似乎心情還不錯，笑說：「還可以，我們銀行還在草創階段，很多事情都需要我們這些做領導的親力親為，累得要死啊。」

傅華笑笑說：「那也說明師兄在這個新的銀行中的重要性啊。」

賈昊說：「我們行長對我很倚重，很多事情都來諮詢我的意見。」

傅華說：「那師兄又要大有作為了。」

賈昊聽了，笑說：「別拍馬屁了，找我有什麼事情啊？」

傅華說：「是這樣，師兄，你還記得海川重機重組的案子嗎？」

賈昊說：「記得啊，怎麼了，那個案子的審批還沒通過啊？」

傅華苦笑說：「是啊，不但沒通過，反而出了點岔子，現在可能要被否決了。」

賈昊愣了一下，說：「不可能吧？這個案子我離開證監會的時候，對裏面的人特別交代過的，他們答應我一定會過的。」

傅華說：「怎麼不可能，我現在就在頂峰證券，是他們的業務經理跟我說的。」

賈昊詫異地說：「真的嗎，我最近一直忙著銀行的事情，也沒幫你盯著，沒想到會出這樣的岔子。你先別急，等我找找證監會的朋友，瞭解一下究竟是怎麼回事再說好嗎？」

賈昊不瞭解情況，肯定也無從下手解決問題的，傅華便說：「那師兄你趕緊去瞭解吧，別等他們正式否定就不好辦了。」

賈昊立刻說：「行，我知道輕重緩急，你等我消息吧。」就掛了電話。

傅華對談紅說：「賈昊說會去瞭解情況，你也別著急，事情總有解決的辦法的。」

談紅苦笑著說：「希望這一次能夠順利吧。」

傅華看了看談紅，他發現才一段時間沒見，談紅顯得更加憔悴了，明白以頂峰證券的現狀，談紅這個業務經理勢必處境困難，她是一個很要強的女人，一樁樁的挫折下來，心境恐怕也是內外交困的。

傅華便勸慰說：「談經理，你也別給自己太大壓力了，事情就算解決不掉，你這麼苦自己也是無濟於事的。」

談紅搖搖頭，說：「我以前從來都不覺得事情會是這樣的難辦，原本潘總在的時候，我們頂峰證券做什麼都是順風順水的，說來可笑，那時候我還覺得我自己多有本事呢，現在看來，都是潘總在運作的結果，我根本屁也不是。」

傅華說：「你別這樣沮喪，其實你是一個很有能力的人，這是大家都公認的。」

談紅看了看傅華，說：「我有什麼能力啊？在公事方面，工作上的難題解決不了；私事方面，我這麼大年紀了，連個喜歡我的男人都沒有。跟你說實話吧，傅華，我從來沒有感覺這麼失敗過。」

傅華忙說：「你這麼漂亮能幹，我就不相信會沒有人喜歡你的。」

談紅看著傅華，哀怨地說：「可是我喜歡的人卻不喜歡我，傅華，我一直很想問你一個問題，我在你心目中是一個什麼樣的女人，我想我已經很明確向你表示好感了，可為什麼你就不肯接受我呢？」

傅華一下尷尬了起來，他沒想到談紅會把話題引到他的身上，更沒想到談紅會這麼直接，他一時很難找到合適的話去跟談紅解釋，只好笑了笑。

談紅說：「我已經厚著臉皮問了，你總要給我一個答覆啊，你為什麼選擇鄭莉，而不選擇我呢？」

傅華婉轉地說：「談紅，不是你不好，實在是我們相遇的時機不對，你清楚我跟前妻之間的過往，那你就應該知道我是被前妻拋棄的，這段經歷對我來說十分痛苦，也因此，我對操控性很強的女人就有點敏感，因為我前妻就是這樣一個女人，她想要我的時候，可以把所有的心都放在我的身上；可是一旦她不想要我的時候，掉頭就離開，根本就不顧及我們這麼多年的夫妻感情。」

談紅看了看傅華，說：「你是說我也是這種女人？」

傅華說：「我不敢說你就是這種女人，可是我在你面前並沒有自信，你各方面都比我優秀，我們做好朋友可以，做情人我會很不自在的。」

談紅苦笑說：「原來你是因為我太優秀才不要我的，看來古人說女子無才便是德，還真是有道理啊。」

傅華說：「可能是我這個人太保守了吧，我身上多少還是有些大男人主義的。」

傅華越說越覺得尷尬，無論怎樣，他這是在勉強找個理由拒絕一個喜歡他的女子，心裡總是有些不忍心，再說，他也找不到一個恰當的理由去拒絕對方，他已經有詞窮的感覺。

幸好這時他的手機響了起來，趕忙拿出來，看看是賈昊的號碼，便對談紅說：「賈主任來電話了，大概是問清楚情況了。」

傅華接通了電話，說：「師兄，你問清楚情況了嗎？」

賈昊嘆了口氣，說：「情況是問清楚了，可是生了一肚子氣。媽的，這社會還真是人一走茶就涼啊，我才離開證監會幾天啊，一個個都跟我擺個公事公辦的面孔，都忘了以前跟我稱兄道弟的時候了。」

傅華笑了笑說：「師兄啊，你就別這麼較真了，這是社會的通病，還是說說我們那個重組案的情況吧。」

賈昊說：「我問清楚了，你那個案子原本是沒問題的，可是證監會剛剛下了一個新的規定，按照這個新規定的要求，你們的案子就不符合規定了。」

傅華說：「可是我們那個審批報上去很久了，現在再去適用新規定，是不是不合理啊？」

賈昊說：「我也覺得不合理，如果我還在證監會，這個案子我就會幫你通過的，可是現在我離開了，那些傢伙就根本不記得我跟他們的交情了，連原本答應我的都不管，通知我一聲都不肯，就想否決了這個案子。」

傅華愣住了，賈昊這麼說是表示他也沒辦法了，他有些不甘心的問：「師兄，你的意思是不是這個重組案被否決是一定的了？沒有別的辦法可以挽回了嗎？」

賈昊說：「也不是，這是我當初答應過你的，我當然會想辦法幫你爭取啦，我已經約了管這件事情的景處長晚上一起吃飯，你到時候也過來，大家一起商量一下這件事情要如何解決。」

傅華稍稍鬆了口氣，看來事情還有希望，便說：「好的，師兄。」

賈昊說：「你師兄不比以前在證監會的時候了，雖然這個景處長還算給我面子，肯出來吃這頓飯，但是能不能說動他，答應幫你辦成這件事就不好說了，恐怕需要你自己做一些潤滑的工作，知道嗎？」

傅華說：「那沒問題，不過師兄，這個景處長我並不認識，他的喜好我不清楚，你覺得晚上我帶點什麼去比較好呢？」

賈昊說：「我也不知道他喜歡什麼，他是我走後才升上來的，我在證監會的時候，這傢伙我從來都沒正眼瞧過，現在飛上枝頭做鳳凰了，倒在我面前耀武揚威起來。好了，你隨便帶張卡過來吧，到時候見機行事就是了。」

傅華說：「好的，謝謝師兄了。」

賈昊說：「客氣什麼。對了，也叫上頂峰證券的人，他們清楚重組案的詳細情況，到時候談起具體的事務，也有個知道的人。」

傅華說：「那我叫上談經理好了。」

賈昊說：「那就這樣子吧。」

賈昊掛了電話，傅華看了看談紅，說：「剛才你都聽到了，晚上跟我們一起去見見這個景處長吧。」

談紅點點頭說：「這是我的工作，我會去的。還是賈主任有本事，這個景處長我們約了他幾次了，他都不肯出來。」

傅華說：「出來也不代表這件事情就能辦成。」

談紅笑了笑說：「你也別太擔心了，什麼事情都不是百分之百能辦成的，晚上我們一起努力就是了。」

傅華說：「那好，我就先回去了，晚上需要我來接你嗎？」

事情已經談的差不多了，傅華不想再面對談紅，免得尷尬，便想趕緊閃人。

談紅苦笑著說：「你這就要走啦？」

傅華說：「我實在不知道接下去再跟你說什麼了。」

談紅嘆了口氣，說：「你走吧，晚上我自己會去的，不需要你來接我了。」

傅華如逢大赦，趕忙道了聲再見，離開了談紅的辦公室。

回到駐京辦，傅華讓羅雨幫他準備一張卡，好晚上拿給景處長，然後打電話給鄭莉，說自己晚上有應酬，無法跟她一起吃晚飯了。

兩人剛剛有了新的突破，鄭莉很想跟情郎時時黏在一起，可是她也知道傅華的工作性質，只好有些遺憾的說：「哦，你有工作就忙去吧。不過晚上可要少喝點酒啊，知道嗎？」

傅華心頭一暖，笑笑說：「知道了，小莉。」

鄭莉說：「那我晚上去你家等你。」

傅華已經給了鄭莉家裏的鑰匙，這倒不是為了方便兩人幽會，而是讓鄭莉也多參與這間房子的裝修，畢竟這是兩個人未來生活的地方，傅華希望儘量讓鄭莉感覺舒適。

傅華笑笑說：「還是不要了吧，我不知道晚上會應酬到什麼時候，估計會很晚的。」

鄭莉撒嬌著說：「就要，我想你，再晚我也要見到你。」

傅華笑了，說：「那我儘量早一點回去。」

晚上，在酒店的包廂裏，傅華見到了景處長。

景處長四十多歲的樣子，南方人，略顯乾瘦，不知道是不是在賈昊和傅華面前拿架子的緣故，他對賈昊和傅華一副愛理不理的樣子。連傅華跟他握手問好，他都是嗯了一聲，連句你好都不肯回應。

傅華心中對這種官不大、架子卻不小的人十分反感，比這個景處長級別高出很多的人他不是沒見過，相反，官越大的人，待人接物越是平易近人，只有這種上不了台盤，卻把自己當個人物的傢伙，才會在別人面前擺架子。

這可能也是一種報復心理在作祟，傅華相信景處長這種人在領導面前一定是卑躬屈膝，極盡諂媚之能事，所以到了比他職務低的人面前，才會急需拿出架子來，好從比他職務低的人身上尋求到心理上的平衡。

不過傅華今晚有求於景處長，他還是得把景處長給應酬好，因此只能把對他的厭惡深埋心裏，想盡辦法去討好他。

三人坐定後，賈昊看了一眼傅華，問道：「頂峰證券的人呢？怎麼還沒來啊？」

傅華說：「談經理剛跟我通了電話，說是路上堵車，可能要晚一點到，要我們不要等她了。」

景處長的眉頭皺了起來，不滿地說：

「現在這些人做事啊，怎麼這樣子呢？她應該知道在北京堵車是家常便飯，為什麼不早點出門呢？跟人約了時間就應該早點到嘛。我就從來沒有讓領導等我過。」

傅華陪笑著說：「那我再打電話催催她。」

賈昊笑笑說：「催什麼，既然是堵車，催了有用嗎？算了，我們不等她了，開始，開始。」

賈昊就讓景處長點菜，景處長倒也不客氣，拿起菜單就開始點菜，點完菜，三人便閒聊著等菜上來。

賈昊也知道這個景處長是辦事的關鍵，閒聊中，便極力奉承景處長，說什麼像他這樣子有能力的人，早就該到重要的工作崗位上去了什麼的。這些話聽在傅華的耳朵裏都覺得肉麻，景處長倒是一副受之無愧的樣子。

菜陸續上來，宴會算是正式開始了，賈昊就為景處長倒上了酒。酒是景處長點的茅臺三十年陳釀，景處長說他現在只習慣喝這種茅臺酒。

第一杯酒，賈昊先敬了景處長，畢竟賈昊曾經是證監會的元老之一，景處長還算給他面子，跟賈昊碰了杯，把杯中酒乾掉了。

第二杯到傅華要敬景處長時，就不是那麼順利了，傅華端起酒杯說要敬酒的時候，景處長根本就不端杯，說：「酒不要喝得這麼急嘛，先吃菜，先吃菜。」一下把傅華晾在那裏，酒杯放下來也不是，端著也不是。景處長倒是很從容，自顧的夾菜吃。

賈昊臉上陰沉了一下，他對景處長這麼慢待自己的師弟心裏很不高興，他覺得這也是不給他面子，心中不免暗罵景處長小人得志，他今天是求景處長辦事，不然的話，按照他以往的脾氣早就開罵了。

賈昊強咽下這口氣，對傅華說：「小師弟啊，景處長既然這樣說啦，你就先把酒杯放下吧，還有一晚上呢，時間多得很，你急什麼呢？是不是急著回去見你的女朋友啊？」

賈昊給了傅華一個臺階，傅華便趁機放下了酒杯，笑了笑說：

「看師兄說的，景處長在這裏呢，我怎麼會急著回去看女朋友呢？說到這裏，早上太匆忙，有件事情我忘記跟師兄你說了。我跟鄭莉已經定下結婚的日子了，兩個月後結婚，到時候師兄可一定要來啊。」

賈昊聽了，說：「是嗎？那可要恭喜你了。小師弟，這喜酒我可一定會去喝的。只怕到時候鄭老的部下門生都過來，我這樣級別低的都不敢上桌了。」

賈昊是覺得景處長太輕慢傅華了，心中有氣，見傅華說出結婚的事，便趁機點出鄭老來，抬出傅華的背景來敲打一下景處長。

果然，景處長聽了，愣了一下，抬頭看了看傅華，問道：「哪一位鄭老啊？」

賈昊笑著說了鄭老的名字，然後說：「我這個小師弟運氣好，得到了鄭老最愛的孫女的青睞，我看了都羨慕啊。」

在京的這些官員們都知道京城中哪些是有影響力的人物，景處長自然也不例外，他臉上開始有了笑容，說：「原來傅主任是鄭老的孫女婿啊，難怪賈主任這麼幫你啊，恭喜啊。」

景處長前倨後恭的態度，讓傅華心中越發對他反感了起來，這種人還真是勢利小人啊，知道自己背景之後態度馬上就變了。

傅華笑笑說：「其實也沒什麼，我師兄就是愛開玩笑。我女朋友家裏向來低調，我這次結婚，也只請了一些各自的好朋友罷了，不會驚動太多人的。」

正說著，包廂的門被推開了，談紅走了進來，陪笑著說：「不好意思，不好意思，我遲到了，對不起啊。」

談紅穿著一身剪裁得體、暗紫色的套裝，把她職業女性的幹練和完美的身材曲線都襯托了出來，景處長一看，眼睛亮了起來，立刻站起來，說：

「對不起什麼啊，不用這麼客氣，北京常常堵車我們又不是不知道，我開始還說要等談經理來呢，結果賈主任非堅持說不等你了。」

傅華和賈昊見景處長這種作派，不由得相互笑著看了對方一眼，他們心中都在說，原來這傢伙是喜歡女色啊，看到談紅簡直是一副色中餓鬼的樣子，看來今晚的事情有戲了。

雖然賈昊抬出了鄭老，讓景處長對傅華有了些尊重，可是他和傅華心中都明白，鄭老唬唬景處長可以，可是想要借著鄭老的影響讓這件事情能夠順利辦成的可能性卻極低，鄭老退休多年，影響力已經日漸式微，鄭家子弟基本上都遠離政界，鄭家已經沒有在政界上呼風喚雨的能力了。而談紅的出現，給了賈昊和傅華一個解決難題的機會，看景處長這個樣子，兩人都相信可以借助談紅女人天生的親和力，讓事情得到完滿的結果。

賈昊和傅華也站了起來。賈昊見過談紅，便介紹說：「談經理啊，來，我介紹你們認識，這位是證監會的景處長，這位是頂峰證券的業務經理談紅。」

談紅伸出手跟景處長握了手，說：「你好，景處長，害你們等我，真是不好意思啊。」

景處長緊緊地握住了談紅的手，笑容滿面地說：「你好，談經理，其實不好意思的應該是我們，我們根本就沒等你啊，這可是有點不夠紳士啊。」

談紅笑笑說：「怎麼能怪你們呢，是我遲到了嘛。」

景處長說：「好啦，我們就別爭了，既然來了，就趕緊坐下吧。來來，坐這裏。」說著，景處長就著還握著的手，把談紅拖到了他身邊的那個座位上坐下，然後這才回到自己的座位上坐下來。

傅華在一旁看著都覺得好笑，這傢伙真是夠急色的。

坐定後，傅華笑笑說：「談經理啊，你遲到這麼久，是不是該罰你先敬景處長幾杯酒啊？」

景處長趕忙笑說：「罰什麼罰，說罰不好聽，我跟談經理一起喝一杯吧？」

談紅也是場面上的人，看景處長這個樣子，便知道今晚自己如果好好對待景處長，他們的事情是很有可能搞定的，便笑笑說：「那我敬處長一杯，你們在喝什麼呢？」

景處長說：「我們喝的是茅臺，談經理可以嗎？」

談紅笑了笑說：「可以啊，我今天來，就是想陪景處長一醉方休的。」

景處長聽了十分高興，說：「那沒別的話說了，滿上，滿上。」

傅華就給談紅倒酒，一邊看談紅的神情，他只是希望談紅能多勸景處長多喝，並不希望談紅自己喝太多，只要談紅有停止的表示，他就不再繼續倒了。

沒想到談紅倒是很豪爽，也說：「給我滿上，我敬景處長的酒，滿上才能表示我的誠意。」

傅華只好幫談紅倒滿，談紅端起酒杯，說：「景處長，今天很高興認識你，這一杯我敬你，先乾為敬了。」

談紅爽快的把酒乾掉了，景處長高興地說：「好，夠爽快。」說完也把杯中酒給乾掉。

有了談紅的加入，一掃前面的沉悶氣氛，景處長不再搭著架子，開始跟談紅又說又笑起來，兩人你來我往，你一杯我一杯，喝得是極為順暢。

不知道是不是因為上午的心情不愉快，還是景處長刻意灌酒的緣故，酒宴結束時，談紅已經酩酊大醉，走路都有些東倒西歪了。

傅華攙扶著她到酒店的門口，景處長在一旁笑著說：「沒想到今天跟談經理喝得這麼愉快，來，我送她回家吧。」說著，就伸出手來，要從傅華手裏將談紅接過去。

傅華愣了一下，看了看景處長，見景處長滿面通紅，眼睛因為興奮變得發亮。傅華從他的眼神中可以看出他內心中猥褻的想法，心裏清楚這個景處長急著要送談紅回去是為了什麼。

傅華知道如果這時候把談紅交給景處長，景處長得逞所圖，海川重機的重組審批肯定就會通過了。但是為了審批通過就把談紅給雙手奉上，傅華感覺自己會像這個景處長一樣的無恥。

傅華便笑著把景處長的手擋了回去，說：「我看景處長也喝得不少，就不必麻煩您了，我送談經理回去就行了。」

景處長似乎是沒想到傅華竟然敢擋他，在酒精的刺激下，他的血液早就沸騰，他跟談紅聊了一晚上，心中早就蠢蠢欲動了，酒壯色膽，自然十分渴望得到談紅這個女人。

他看了看傅華，決定給傅華點甜頭吃，讓傅華肯讓他帶走談紅，便笑笑說：「傅主任啊，我跟你說，賈主任既然跟我打了招呼了，你們的重組案批下來是沒什麼問題的。好啦，我今天跟談經理聊得還不夠盡興，想在送她回去的路上跟她繼續聊聊，你把她交給我吧。」

傅華聽得出來景處長這是擺明了在說，只要把談紅交給他，他就會保證讓重組案得到批准。傅華心裏暗自叫苦，他是絕不可能在談紅爛醉如泥的狀態下，把她交給這個心存不軌的景處長的。

傅華再次擋住了景處長伸出的手，堅決地說：「不好意思啊，景處長，談經理這個狀態下，我有責任安全送她回家，我不能把她交給你。」

眼見到嘴的肥肉就要飛了，景處長心裏都有要殺了傅華的想法，他惡狠狠的瞪了傅華一眼，說：「傅主任，你可要想清楚了，你的案子還在我的手裏呢。」

這已經是公然威脅了，可是傅華心裏很清楚自己不能為了重組案要獲得批准就出賣談紅，就毫不猶豫地說：「我很清楚，談經理就是不能交給你。」

景處長知道今晚是沒戲了，他恨恨地說：「傅主任，算你行。」說完，就上了自己的車，揚長而去。

這時，賈昊從裏面結完帳走了出來，看到景處長已經不在了，奇怪地問說：「景處長怎麼先走了？」

傅華苦笑了一下，說：「被我氣走了。師兄啊，你今晚的安排恐怕是不會有什麼結果了。」

賈昊詫異地說：「怎麼了？發生什麼事情了嗎？」

傅華把剛才發生的事情跟賈昊說了，賈昊看了看一團爛醉、人事不知的談紅，然後對傅華說：「小師弟，你這個人啊。」

傅華苦笑了一下，說：「沒辦法，我這個人就是無法出賣自己的朋友。」

賈昊搖搖頭說：「我知道你的個性，這個談紅也是的，沒見過酒嗎，把自己搞得這麼爛醉，本來我還以為在她的幫助下，今晚能有一個完滿的結局呢，結果最後卻毀在她的手裏。」

傅華說：「也不能怪她，她最近各方面遭遇的事情太多，壓力很大。」

賈昊看了看傅華，說：「小師弟啊，你怎麼知道她各方面的事情很多啊？是不是你們之間有些什麼啊？」

傅華自然無法去跟賈昊解釋談紅單戀自己，便說：「沒有，我們不過是工作上接觸的多了一點，你也知道現在頂峰證券的狀態，她這個業務經理很難做的。」

賈昊當然清楚潘濤死了之後，頂峰證券已經大不如前了，他也無心追問下去，便說：「誒，我讓你準備一張卡，你給景處長了沒？」

傅華說：「這倒是給了，在跟他敬酒的時候，我塞到了他手裏，當時他沒推辭，收了下來。」

賈昊鬆了口氣，說：「那就好辦了，他現在跟你發火，是因為他喝了酒，對自己沒有控制，一時忘了自己是誰了，等明天他醒過酒來，就會記得他還收過你的卡，到時候就不好不給你辦事了。」

傅華看了看賈昊，說：「是這樣嗎？」

賈昊苦笑了一下，說：「希望是這樣了。」

傅華一時無語，他知道這種可能性很低，像景處長身處這樣的重位，對錢財未必是很看重的，他更看中的可能是他的欲望有沒有得到滿足。而自己一再阻撓，不讓他得償所願，可能已經深深的得罪了他，他一定不會還讓自己能夠順利達成心願的。

傅華為了重組案的事情已經奔波了很長一段時間，眼見功虧一簣，心中難免很是沮喪。

賈昊看出了傅華的沮喪，拍了拍傅華的肩膀，說：

「事情也不是完全無望，你別難過了，這世界本來就是這個樣子的，老天刻意在這關鍵的時候出個難題考驗考驗你，既然你選擇了朋友，就不要為可能喪失的利益沮喪了。說實話，雖然我很想把事情辦成，但我看到你選擇了朋友，還是有一絲欣慰的，這說明你是一個靠得住的人。好了，我們也別傻站在這裏了，你要拿這個醉貓怎麼辦啊？」

傅華看了看靠在自已身上，還是人事不知的談紅，苦笑了一下：「還能怎麼辦啊，只能送她回去了。」

賈昊說：「那我先走了，她就交給你了。」

賈昊就開車先離開了，傅華把談紅扶上了車，發動車子，然後拍了拍談紅，說：「談經理，你家在哪裡啊？我送你回去。」

談紅爛醉的拍開了傅華的手，含糊不清地說：「別來動我。」

傅華苦笑了一下，說：「談經理，我是問你的家在哪裡，你告訴我，我好送你回去。」

談紅煩躁地說：「滾一邊去，我煩著呢。」

傅華連問幾次，談紅都是這個爛醉的樣子，他傻眼了，這可怎麼辦呢？談紅神志不清，已經無法講清楚她的住處，他要把她送到什麼地方去好呢？

呆坐了一會，傅華實在沒招了，心說只好把她帶回家去了。

這時候他才想到鄭莉還在家裏等著他呢，帶談紅回去，不知道鄭莉會不會生氣啊？可是不把談紅帶回去，他又不放心讓爛醉的談紅一個人待在賓館的房間裏。

想來想去，傅華只有硬著頭皮把談紅帶回家去。

他打了一個電話給鄭莉，想看看鄭莉有沒有睡著，鄭莉很快接通了，傅華說：「小莉，你還沒睡啊？」

鄭莉說：「我在等你啊，你什麼時候回來啊？」

傅華不好意思地說：「我馬上就回去了，不過，我不是一個人回去。」

鄭莉愣了一下，說：「你不是一個人回來，是什麼意思啊？」

傅華說：「是這樣，我們晚上一起喝酒的一個朋友喝醉了，說不清楚她的家在哪裡，我沒辦法，只好先把她帶回去了。」

鄭莉鬆了口氣，說：「是這樣啊，這也是沒辦法的事情，你照顧朋友也是應該的。」

傅華為難地說：「還有一件事情，我說了你可別生氣啊，這個朋友你認識，就是上次你見過的談紅。」

鄭莉笑了，說：「我有那麼小氣嗎？你敢把她帶回來，不就說明你跟她沒什麼嗎？」

傅華卸下心中大石，說：「小莉，謝謝你理解我，我今晚真是煩透了，事情辦得真是一團糟。」

鄭莉心疼地說：「先回來再說吧。」

傅華開車回了笙篁雅舍，攙扶著談紅到了自己家，鄭莉看到人事不知的談紅，皺了皺眉頭，說：「誒，你們怎麼把她灌成這種程度啊？」

傅華說：「咳，一言難盡，先把她扶進去吧。」

鄭莉伸手去接談紅，這時，談紅經過一路的折騰，肚子裏的酒水再也控制不住，哇的一聲整個噴了出來，頓時屋子彌漫著一股令人作嘔的酒臭味道。

鄭莉因為正要從傅華那裏接手談紅，避無可避，被談紅噴了個正著。

傅華傻眼了，趕忙問鄭莉：「小莉，你沒事吧？」

鄭莉苦笑了一下，說：「我這樣像是沒事的樣子嗎？你趕緊幫我把她扶進浴室。」

傅華就和鄭莉一起把談紅扶進了浴室，鄭莉直接把她放進浴缸裏，先把兩人身上的嘔吐物沖掉，又讓傅華出去找了幾件他的睡衣進來，就把傅華趕出了浴室。

傅華把門口談紅吐的嘔吐物清掃乾淨，又拖了幾遍地，打開窗戶，折騰了好半天，屋內的酒臭味這才散得差不多了。

這時鄭莉在浴室裏也把談紅沖洗乾淨了，然後她和談紅都換上了傅華的睡衣，這才把談紅扶出了浴室，傅華讓鄭莉把談紅送到客房睡下，自己也洗漱了一番，這才回了臥室。

鄭莉倚在床邊看書，傅華過去在她額頭上親了一下，說：「今晚幸虧你在這兒，不然的話，我還真不知道該怎麼辦呢？」

鄭莉笑說：「你這話是不是說反了，你心裏大概在埋怨我為什麼在這裏，不然的話，你是不是可以趁機大佔便宜啊？我跟你說，你這位朋友的身材可是很有料的，凹凸有致，曲線玲瓏啊。」

傅華苦笑著說：「小莉啊，你別取笑我了，我今晚因為這個談紅，可是有夠倒楣的了，最後還害得你被她吐了一身，心裏彆扭死了。早知道這個樣子，今晚上不叫她參與這個飯局就好了。」

鄭莉看得出傅華是真的很沮喪，便問道：「怎麼了？今晚發生什麼事情了？」

傅華說：「今晚本來是找我師兄，幫我跟證監會的一個景處長溝通我們海川重機的重組案子，因為談紅是辦理這個案子的經手人，就邀請她一起參加，結果……」

傅華就講述了事情的過程，鄭莉聽完，笑了笑說：「好了，你也別沮喪了，你做了一個真正男人應該做的事情。如果你不這麼做，我想你這輩子都不會高興的。」

傅華說：「聽你這麼說，我心裏好過多了。」

兩人到此時都已經被折騰得很睏，就相擁著睡了過去。

早上，傅華和鄭莉還在熟睡，忽然一聲尖厲的女人叫聲傳來。

傅華被驚醒，從床上坐了起來，聽到聲音是從客房那裏傳來的，擔心發生了什麼事情，連忙跑去客房。

一開門，就見到談紅一臉的驚慌坐在床上，問道：「怎麼了？發生什麼事情了？」又看到傅華，驚叫道：「你對我做了什麼？我這是在哪裡？」

傅華見談紅沒什麼事，只是酒醒不知身在何處，還以為自己侵犯了她，便苦笑著說：「好了，我的大小姐，你昨天喝得爛醉，我只好把你帶回來，我可沒做什麼。」

談紅說：「那我身上的衣服是誰換的？」

「是我，」這時鄭莉也醒了過來，從臥室走過來說：「你昨晚吐了自己一身，是我幫你洗澡，換了衣服的。」

談紅的臉騰地一下子紅了，從床上起來，尷尬的笑了笑說：「你在這裏啊，真是不好意思，昨晚太失態了，對不起啊。」

鄭莉說：「沒事的，昨晚我罵傅華了，怎麼可以這麼灌女生的酒呢？他們這些男人真是不像個樣子。」

傅華說：「你們倆聊吧，我給你們做早餐。」

過了一會兒，談紅和鄭莉從客房裏出來。

談紅看了看傅華，說：「不好意思啊，傅華，我早上起來腦袋裏一片空白，不知道發生了什麼事情，把你們吵醒了。」

傅華給談紅倒了一杯熱牛奶，說：「沒事了，我也有過這種喝多了的狀況，喝點熱牛奶吧，胃裏會舒服一點。」

談紅就捧著杯子喝起牛奶來，傅華把做好的早餐擺到桌上，三人就開始吃早餐。

談紅的記憶開始慢慢有些恢復，她看了看傅華說：「傅華，我昨晚喝多了，也不記得那個景處長怎麼樣了？」

傅華不想讓談紅知道昨晚究竟發生過什麼事情，便說：「你昨晚酒真是喝得太猛了，放心啦，該做的我們都做了。」

談紅笑笑說：「原本我喝那麼多酒是沒事的。昨晚真是謝謝鄭莉，還被我吐了一身，說起來真是不好意思。」

鄭莉說：「沒什麼，只是你以後跟男人喝酒可真是要小心些，別再被他們灌醉，占了便宜。你這麼漂亮，男人們對你可都是垂涎欲滴的。」

談紅聽了，笑說：「傅華就不會，我不是他的菜。」

鄭莉笑著看了一眼傅華，沒再說什麼。

吃完早餐，由於鄭莉和談紅的衣服都被吐髒了，傅華找了兩套自己的休閒服，雖然不合身，勉強還可以穿，鄭莉和談紅就這樣穿著，鄭莉自己開車回去，談紅被傅華送回家換衣服去了。

談紅到了家門口，下了車，傅華說：「談紅，我知道你昨晚喝醉，是因為我昨天跟你說了那些話，惹你不高興了，有些事情總會過去的，你別想那麼多了，回家好好休息一下。」

談紅笑了笑，說：「傅華，我沒事了，你很有眼光，找了一個這麼好的女朋友，難怪你會不選我，鄭莉是比我強太多了。」

傅華說：「你這樣子我就放心了。」

第八章

抓住把柄

兩人談好了價錢，傅華付了訂金，小黃收了錢，就閃出了房間。
傅華看小黃這故作神秘的樣子，暗自覺得好笑，
這些私家偵探都是喜歡藏頭藏尾的。
現在事情已經安排好了，不知道景處長會不會被小黃抓住把柄啊？

下午，一份給傅華的快遞送到了駐京辦，傅華拆開一看，裏面正是自己送給景處長的那張卡，傅華苦笑了一下，他連最後一點希望也沒有了，景處長寄回這張卡，正是表明了他要否決海川重機重組案子的態度。

傅華長嘆了一口氣，事情真的沒有指望的時候，他心裏反而輕鬆了很多，他開始想要如何去跟金達彙報這件事情。

電話響了起來，傅華接通了，是談紅，傅華說：「怎麼了談經理，有什麼事情嗎？」

談紅有些著急地說：「傅華，怎麼回事啊，我們公司在證監會內部的朋友說，景處長對我們這個重組的案子態度不但沒改變，反而急著想否決它，你不是說昨晚都安排好了嗎？」

傅華笑了笑說：「這情況我知道，你別著急。」

談紅愣了一下，說：「你知道？」

傅華說：「是，我剛接到景處長退回來的卡了，他把我送給他的卡退了回來，意思就很明顯了。」

談紅埋怨說：「你知道了為什麼不通知我？」

傅華說：「我通知你了也沒有用啊，你能改變這個結果嗎？」

談紅停頓了一會兒，然後說：「這麼說，你早就猜到會是這個結果了？傅華，你跟我說清楚，究竟發生什麼事情了？我記得昨晚我跟景處長喝酒喝得很好啊，他對我很友好，我還想事情差不多可以辦下來呢，怎麼一夜之間情況就有了這麼大的變化了呢？」

傅華不想告訴談紅，景處長之所以態度大逆轉，是因為他的邪欲沒有在談紅身上得逞，便說：「算了吧，你不要去管它了，景處長在這件事情上的看法不會轉變的啦。」

談紅急說：「怎麼能算了呢？我在這件事情上費了多少的心血啊，你一句話就算了，真是輕巧！你知道這樣子會讓我們頂峰證券和利得集團損失多大啊？不行，你跟我說清楚，究竟是怎麼回事，昨晚你怎麼得罪景處長了？」

傅華說：「談紅，你還是不要知道的好，反正事情已經這樣子了，知道了也於事無補。」

談紅煩躁地說：「你是不是要急死我啊？你不說發生了什麼事情，我只好自己去問賈主任了。」

傅華知道賈昊一定會告訴她實情的，便說：「好啦，我告訴你吧。昨晚你不是喝多了嗎，出了酒店之後，景處長說要送你回去，就要把你帶走，我看你已經神志不清了，就堅持不讓他這樣做，下面的事情，你應該知道是怎麼回事了。」

談紅愣了，說：「你是說，景處長想趁我酒醉，對我不軌？」

傅華笑了笑說：「我可不敢那麼說，不過，我也不敢讓你冒這個險。」

談紅當然明白傅華這麼做，是維護了朋友，可是也付出了讓整個重組案子失敗的慘重代價，心中很是感激，說：「傅華，謝謝你了。」

傅華說：「別這麼說，作為朋友，我是不可能看著他想對你不軌而放任他的。」

談紅懊惱地說：「可是我們的案子可就完蛋了，而且有景處長在這個部門把持著，我們這個重組案就算是以後符合了條件，恐怕也沒有通過的可能了，這樣子你要怎麼跟你們市裏面交代啊。唉，都怪我，你說我昨晚怎麼就喝醉了呢？」

傅華說：「你別自責了，這件事情要怪也怪不到你頭上，都是那個景處長太齷齪了。」

談紅說：「我總是有責任的，當時我如果清醒，相信那個景處長也就不會有非分之想了。誒，你沒把這個情況跟賈處長說一聲嗎？」

傅華說：「我跟他說有什麼用啊？他請出景處長已經費了很大的勁，我就是告訴他，恐怕他也沒有別的辦法了。」

談紅說：「不管怎麼樣，賈主任也是插手這件事情的人，你也應該跟他說一聲吧？再說，賈主任在證監會工作過這麼多年，難道一下子就被這個景處長吃住了？說不定他會有辦法呢。」

傅華不想再給賈昊找這個麻煩了，他已經看出賈昊不是當初他認識時風光八面的賈昊了，請景處長出來，已經讓他有些力不從心了，再去麻煩他，會讓他尷尬的。

傅華說：「談紅，我老這麼去麻煩賈主任也不太好吧？」

談紅說：「傅華，你要知道這個案子失敗了，你和我都不好交代的，你不要覺得尷尬，張張嘴又不費什麼。」

傅華說：「好啦，我找他就是了。」

談紅說：「那我等你消息。」

傅華就撥電話給賈昊，跟賈昊說景處長把卡寄回來了，而且急著要把案子給否決的情況，賈昊聽完，很是生氣，脫口罵道：「這個下三濫的東西，竟然敢這麼做，當我賈昊是死人啊，真是給臉不要臉。」

傅華聽賈昊這麼說，似乎他還有辦法能制約住景處長，便問道：「師兄，你看這件事情接下來怎麼辦啊？」

賈昊說：「你先別急，我找找我的老領導，媽的，證監會又不是姓景的說了就算的。」

傅華一聽，說：「那師兄趕緊去找您的老領導吧，現在這件事情讓姓景的這麼一鬧，我們都很被動啊。」

傅華此時意識到事態的嚴重性，如果這次無法通過景處長這一關，以後海川重機的重組就更無可能了，他可是無法向市裏面交代的。

賈昊笑說：「小師弟啊，你現在著急了？你知道你現在這麼被動是為什麼嗎？都是因為你昨晚的婦人之仁，那個談紅也是成年人了，你就是放手讓姓景的把她帶走又怎麼樣？出了事也是姓景的去扛著，關你什麼事啊？再說，那個談紅說不定還想這麼做呢！唉，小師弟啊，無毒不丈夫，成大事者就要下得了狠心。」

傅華苦笑說：「如果要搭上一個朋友，那我寧可不做這件事情。師兄啊，你還是趕緊去找你的老領導吧，別等姓景的把案子否定了，那我們再找誰也沒用了。」

賈昊說：「哎，我是不太願意去驚動他的，為了你只好跑這一回了，你等我消息吧。」

過了一天，賈昊回電話，說是老領導動用關係，找了景處長，景處長卻堅持說海川重機重組不符合新的規定，不好通過。

因為這個案子確實有明顯不合新規的地方，分管領導也不好強壓著景處長非要同意批准，只好暫時把這個案子壓了下來，等慢慢再想辦法轉圜。

傅華也知道在這些部門當中，景處長是很關鍵的，他們堅持反對的東西，上面的領導也不好強壓著他們同意。不過事情總算沒有徹底完蛋，只好再等機會啦。

傅華謝過賈昊，又打電話通知了談紅，談紅知道情況後，也沒辦法可想，只好接受這

種以拖待變的結果了。

傍晚下班的時候，鄭莉打來電話，說她被徐筠拖著在一起吃晚飯，問傅華願不願意過來，傅華笑說：「好啊，我來請客好了，我們還沒謝謝她這個大媒人呢。」

鄭莉就告訴傅華她們吃飯的地方，傅華收拾了一下，就開車趕去了。

徐筠一看到傅華，就取笑說：「我聽小莉說，你前晚英雄救美了？」

傅華苦笑說：「筠姐，你別聽小莉瞎說，什麼英雄救美啊，我那也是被逼無奈，我總不能見一個朋友被那個齷齪的傢伙糟蹋吧？」

徐筠笑笑說：「是不能，你這傢伙還算不錯，是個頂天立地的男人。」

傅華說：「唉，筠姐別笑話我了，我已經為做好男人付出了慘重的代價。」

鄭莉看了傅華一眼，說：「怎麼，那個傢伙報復你了？」

傅華點點頭說：「他想否決我們的重組案，幸虧我師兄找了證監會一位老領導，才暫時把這個案子壓了下來，但是未來會是什麼結果還很難說呢。」

徐筠憤慨的說：「這個人怎麼這麼肆無忌憚啊？」

傅華說：「沒辦法，人家手裏握著這個權力，可以主宰別人的命運。好了，別說這麼不愉快的事了，你們點菜了沒有？」

鄭莉說：「我們點了幾個菜，你看看還想要吃什麼？」

傅華看了看，兩個女人點的都是清淡的菜，他就加了兩個菜，笑說：「有些日子沒跟筠姐一起吃飯了，今天可要跟筠姐好好喝一喝。」

徐筠笑說：「我前兩天還罵過你們倆呢，罵你們倆個傢伙沒良心，老婆都快娶進門了，我這個媒人卻連杯謝酒都沒吃到。」

傅華笑了笑，說：「我說我這兩天耳朵怎麼老是發熱呢，原來是筠姐在念叨我們呢。今天我和小莉可一定要好好敬你幾杯啦。」

服務員把菜端了上來，三人開了瓶紅酒，就說說笑笑吃了起來。

吃完飯，三人出了酒店，徐筠就上車要離開，剛發動了車子卻又停了下來，對站在酒店門前送她的傅華和鄭莉說：

「傅華，你過來，我忘了我有一件事情想跟你說。」

傅華走過去，笑說：「筠姐還有什麼要交代的？」

徐筠拿出了手機，說：「我給你一個號碼，你記下來。」

傅華好奇地說：「誰的號碼，有什麼用啊？」

徐筠說：「這是我認識的一個私家偵探，姓黃，挺能幹的。」

傅華詫異地問道：「筠姐，你給我私家偵探的號碼幹嘛？」

徐筠說：「我今天聽你說那個姓景的雜碎的事，心裏很氣憤，媽的，這傢伙算什麼東西啊，欺負不到女人就把氣撒到你身上，這種人一定要好好教訓一下。」

傅華說：「筠姐，你不會想讓我找這個姓黃的教訓姓景的吧？這不好吧，那我跟姓景的就沒什麼區別了。」

徐筠瞅了傅華一眼，說：「你笨不笨啊？我會讓你找私家偵探去教訓他嗎？你也不用腦子想一想！」

傅華納悶地說：「那你想讓我幹什麼？」

徐筠說：「我是想讓你找這個小黃去盯著那個姓景的雜碎一段時間，照你說的，相信這傢伙絕對不是第一次這樣做，小黃一定能幫你抓住他的把柄的，到時候你想怎麼做，還不是由你說了算？」

原來徐筠是要傅華通過私家偵探，教訓一下景處長。

傅華猶豫了一下，他覺得這樣做似乎並不光明正大，便說：「這好嗎，筠姐？」

徐筠說：「這有什麼不好的？那個雜碎如果沒做什麼壞事，你就是找了私家偵探，也妨礙不了他什麼；反之，如果那個雜碎自己有錯，他就應該為此付出代價，你說是吧？」

傅華有些下不了決定，說：「這個道理似乎不是這樣子說的。」

徐筠忿忿不平地說：「那你怎麼辦？就任由那個雜碎這麼拿捏你嗎？傅華，我知道你是一個很善良的人，不然的話，你也不會不計後果去救那個女人。可是善良不代表就可以任人欺負，再說，你這麼容忍那個雜碎這樣對待你，實際上是在縱容他繼續為所欲為，今天他沒害到你的朋友，明天說不定害到了別人的朋友。你這樣子也是一種惡行啊。」

傅華笑了，心說先記下號碼再說吧，省得徐筠繼續念叨下去，於是說：「好，筠姐，我記下來就是了。謝謝你啦。」

徐筠這才滿意地說：「這就對了，人在這世界上，就應該保持這樣一種觀念，我不欺人，但也不被人欺。」

傅華點點頭，笑說：「我知道了，筠姐。」

徐筠說：「那我就不耽擱你們小倆口甜蜜了。」說著一踩油門，車子就開走了。

鄭莉看徐筠離開了，就走過來問傅華：「筠姐跟你說了什麼悄悄話啊？」

傅華故作神秘地說：「你絕對猜不到她跟我說了什麼。」

鄭莉說：「她不會跟你說了我的什麼小秘密吧？」

傅華笑笑說：「那倒沒有，她給了我一個私家偵探的電話號碼。」

鄭莉詫異地說：「他給你私家偵探的號碼幹什麼？」

傅華笑說：「讓我好查查你有什麼瞞著我的小秘密啊。」

鄭莉捶了傅華一下，說：「瞎說，她才不會呢。快告訴我，他給你這個究竟是想讓你幹什麼？」

傅華說：「她想讓我去查一下姓景的那個雜碎。這個筠姐還真是有意思，竟然想到這上面去了。」

鄭莉笑說：「你不瞭解筠姐，她自小就愛打抱不平，我們這些姐妹誰受了欺負，她一定會為我們出頭的。」

傅華說：「這種做法倒真是符合她的作風。」

也是，當初也是因為徐筠這種個性，才會不甘於受董昇的欺凌，找私家偵探調查他，從而毀了董昇的。

這一晚上，傅華腦海裏都在想著徐筠給他的這個建議，心中在做和不做之間舉棋不定。

做吧，這不符合他做事的原則，但是可以很快就把海川重機重組的事情搞定；不做吧，雖然符合了他一貫的原則性，可是景處長如果繼續把持這個部門，海川重機重組的事就會一直拖下去，甚至有泡湯的可能。

傅華在床上翻來覆去，影響到了鄭莉，鄭莉睡不著，就看了看他，說：「你在想什麼呢？」

傅華說：「吵到你了？」

鄭莉笑笑說：「你翻來覆去，我也睡不著啊。告訴我，你在想什麼啊，看看我是否能幫你出出主意。」

傅華說：「我在想筠姐的那個建議，一時很難做決定。看來這人要做好人不容易，做壞人更不容易啊。」

鄭莉笑了起來，說：「好人壞人是要看你自己怎麼想的，柏拉圖的《理想國》你應該看過吧？你還記得開篇蘇格拉底跟克法洛斯關於正義的討論吧，蘇格拉底說什麼是正義呢，他說正義是給每個人恰如其分的報答，把善給朋友，把惡給敵人。」

傅華說：「事情如果能這麼簡單就好了。」

鄭莉說：「你也不要把它想得太過複雜了，其實你只要問心無愧就好。如果你心裏彆扭，那還是不要去做了。」

傅華煩惱著說：「不去做，我的問題又解決不了，我就是因為這個才猶豫不決的。」

鄭莉搖搖頭說：「那我就幫不了你了，這需要你自己才能做決定了。」

第二天，在辦公室，傅華還在琢磨這件事情。

想了半天，他忽然啞然失笑起來，心說自己還真是有意思，自己想了半天，還不知道景處長這傢伙是不是真的會做出什麼錯誤的行為呢，就算要做什麼決定，是不是也要等拿到景處長的把柄再說啊？

傅華在心裏給了自己緩衝的臺階，伸手就去抓電話，他已經決定打電話給小黃了。

穆廣忙到很晚才從辦公室裏出來，金達離開海平區之後，並沒有停下他調研的步伐，而是繼續到海川其他縣市做調研，市裏面的日常工作就壓到了穆廣的身上，這讓他比以往更忙碌了。

穆廣並不喜歡現在這種狀態，金達下去調研之後，就跟他很少溝通，除了聽取他彙報市裏面的工作之外，基本上跟他沒有什麼交流，他不知道現在金達心裏在想些什麼。還有金達和傅華和好之後，心中對他是一種什麼樣的想法。他對金達失去了應有的瞭解，這讓一向做事謹慎的他心中沒有了底氣，越發開始不安起來。

穆廣習慣性的又去了關蓮那裏，最近一段時間他心裏實在很煩躁，很需要在關蓮那裏發洩一下心中的鬱悶，而他妻子已經變形的身體是無法讓他放鬆下來的。

到了那裏，關蓮已經睡了，穆廣簡單的洗漱了一番之後，就躺到關蓮身邊。從市政府到關蓮這兒有段距離，穆廣在路上已經小憩了一會兒，現在經過一番洗漱之後，一掃在辦公室的疲憊，又精神了起來，便在關蓮身上上下其手，亂摸起來。

關蓮被弄醒了，有些煩躁的打了穆廣的手一下，嘟囔了一句：「你煩不煩啊，都什麼時候了，還讓不讓人睡覺了。」

穆廣的手霎時僵在那裏，他發現這個女人開始變得越來越不溫順了。以前他就是再晚過來，關蓮也是很乖巧地等著他，他一來，她就會小鳥依人的拱進他的懷裏，噓寒問暖，為他按摩疲憊的身體，想盡辦法討他的歡心。現在可好，自己只是摸了她一下，就被說煩了。

媽的！老子最近運氣不好，連這個臭女人也敢給我臉色看了。穆廣心中不滿，就放開了關蓮，轉過身去，把背朝向關蓮，不再理會她了。

關蓮已經被穆廣吵醒，一時也難以睡著，看穆廣背過身去，知道穆廣生氣了，不由得在心裏暗罵，這個老男人滿足不了自己，還這麼愛鬧脾氣，自己睡得好好的，他硬是要來瞎摸，打了他一下就生氣了。這麼大的人啦，自己還要陪小心哄著他，真是煩死人了。

雖然心裏怨恨，但是關蓮還是轉過身去抱住了穆廣，陪著笑臉說：「哥哥，怎麼了，你生我的氣了？」

穆廣沒好氣的說：「沒有，我生什麼氣啊？」

關蓮笑笑說：「還說沒生氣，你的聲音都不對了。」

穆廣說：「我自己心氣不順，不行啊？」

關蓮耐著性子說：「好啦，我知道是我不好，我本來是在等你過來的，可是你很長時間都沒來，我就睏得睡了過去。你剛才碰我的時候，我睡得迷迷糊糊的，就有些煩了，所以才說了你，你就別生我的氣了，好不好嘛？」

穆廣知道自己確實來得很晚，關蓮說的也不是沒有道理，心裏就沒那麼窩火了，語氣平和了下來，說：「都跟你說沒生氣了，好了，很晚了，睡吧。」

關蓮不肯就此甘休，她知道穆廣這個樣子還沒被完全哄好，便伸手去扳穆廣的身體，笑著說：「你如果沒生我的氣，就給我轉過身子來。」

穆廣還是拉不下臉來，說：「好啦，我很累了，睡吧，睡吧。」

關蓮撒嬌著說：「你騙我，很累了還來摸人家，我要你轉過來嘛。」

關蓮手上加了勁，要硬扳穆廣，穆廣不好再繃著臉僵持下去，就隨著關蓮的手轉過身來，笑了笑說：「你這丫頭，真是淘氣啊。」

關蓮笑笑說：「我就是要跟哥哥淘氣。」

關蓮說著，就用鼻子去磨蹭著穆廣的鼻子，手也不老實的摸向了穆廣的下面，穆廣被關蓮挑逗的一下子就動火了，三兩下扒去了關蓮身上本來就不多的內衣，翻身上馬，馳騁了起來。

也不知道是累的，還是穆廣的心情實在欠佳，還不到兩分鐘，他渾身一陣抽搐，便像被抽去脊梁骨一樣，癱軟在關蓮身上。

關蓮見穆廣這麼快就完事了，心裏反而有些高興，省得被穆廣折騰半天。她本來就是為了哄穆廣才勉強應付的，這下倒是可以早點休息了。

關蓮體貼地說：「看來你今晚真是累了，趕緊休息吧。」

穆廣心中十分沮喪，覺得自己失去了往日雄風，也沒心情再跟關蓮溫存了，很快就睡了過去。

早上，穆廣要離開的時候，關蓮也已經醒了，她說：「哥哥，昨晚你來得太晚，有件事情沒來得及跟你說，富業地產的葉富找過我。」

穆廣說：「他找你幹嘛？」

關蓮說：「市裏最近不是要放出幾塊地拍賣嗎，他想買其中的一塊，問你是不是能幫忙？」

穆廣說：「行啊，你告訴他，回頭我會幫他打招呼的。」

關蓮說：「那我告訴他。」

穆廣就匆匆離開了關蓮的家。

到了辦公室，一天繁重的工作又開始了，直忙到十點多，穆廣才有些閒暇，他苦笑了一下，心說：別人都覺得做官是風光八面，可誰知道這些做官的人是付出了多少的辛苦，每日要應付繁重的工作不說，還要忙著跟上下級的人勾心鬥角，真是要多累就有多累。

穆廣又有了一種想逃離的感覺，他跟錢總之間之所以往來密切，其中有一個因素就是錢總可以帶他在短暫的一個時間內，逃離到另外一個誰都不知道他是誰的空間去。

在那個時空，他不是縣委書記，不是副市長，而是一個有錢有閒的遊客，他可以放下臉上的面具，做一切他想做的事情，讓身心都徹底地放鬆。

穆廣就抓起電話，打給了錢總，問說：「老錢，你在哪裡？」

錢總回說：「我在雲龍山莊呢，現在海平區那邊進展順利，我就回市區來住幾天。有什麼事嗎？」

穆廣說：「你等我，我一會兒過去。」

穆廣就去了雲龍山莊，錢總已經在辦公室等了，見到了穆廣，說：「找我有事啊？」

穆廣說：「也沒什麼事情，就是心裏煩，想找人聊聊。」

錢總給穆廣倒了茶，笑笑說：「您現在位高權重，還有什麼好煩的？」

穆廣苦笑了一下，說：「有些事情你不知道的。」

錢總說：「你說了我不就知道了嗎？什麼事情啊，說了也許我能幫你解決呢。」

穆廣看了看眼前這個比自己年紀大的男人，這倒是一個可以談些私密話題的人，便說：「老錢啊，你現在晚上跟女人在一起的時候，還能折騰得動嗎？」

錢總邪邪的笑說：「怎麼了，為什麼問這個？」

穆廣說：「我昨晚還不到兩分鐘就繳械了，你說我是不是出了什麼問題了？」

錢總說：「這裏面因素很多的，也不一定是出了問題，工作累了，心情煩躁了，還有，老是一個女人沒有新鮮感了，都可能這個樣子的。我覺得你很可能是太累了，再加上很久沒出去換口味了，女人就像菜一樣，老是吃同一盤菜，就是山珍海味，你也會膩的。」

穆廣聽了，說：「這倒也是，最近金達這傢伙一直在外面調研，市裏面的工作全都壓在我身上，真是累死我了。」

錢總笑笑說：「那要不要找個時間出去再放鬆一下？」

穆廣說：「現在哪能抽出時間來啊？不過，說實話，我最近倒一直想出去一趟，不過不是為了玩，而是想去見見那個鏡得和尚，上次他跟我打了兩個啞謎，我一直沒猜透他究竟想說的是什麼意思，最近這段時間又被金達鬧得一直不太順，就很想見見鏡得，讓他好好開示我一下。」

錢總說：「要見鏡得和尚不是不可以，只是你得給我一點時間，我需要事先知會他一聲，得到他的同意才可以帶你去，不然的話，他不會搭理人的。」

穆廣詫異地說：「這老和尚倒真是怪癖，反正現在我也還不能去，要等金達回來，我才抽得出時間來。」

錢總說：「我知道了。對了，說起金達，有件事情我想要問你。」

穆廣說：「什麼事啊？」

「你們是同僚，你對金達的家庭狀況熟悉嗎？」錢總問。

「你問這個幹什麼？」穆廣好奇地說。

錢總說：「我想瞭解一下而已。」

穆廣質疑的看了錢總一眼，說：「老錢啊，你別打馬虎眼，你在動什麼鬼心思呢？」

錢總笑了，說：「我就知道瞞不過你，我是這樣想的，金達是一個很講原則，不好攻關的人，但也不可能身上一點弱點都沒有，也許他的家人就是他的弱點呢？」

穆廣愣了一下，說：「你是想打他家人的主意？」

錢總說：「這只是一種想法，現在金達這種狀態，你不覺得我們幹起事情來很彆扭嗎？我下一步還要在海平區做很多事情的，一定要想辦法擺平他才行。不然的話，我的投資會很危險的。」

穆廣知道錢總在白灘建高爾夫球場並不是最終目的，他實際上是想藉高爾夫球場項目在那裏建豪華別墅；如果建別墅，需要投資的金額就更大了，倒還真是要先做一些工作，避免將來可能發生的風險。

同時，穆廣也覺得金達目前這個狀態不利於他今後的發展，他覺得金達已經對他產生了很嚴重的懷疑，因此錢總這個擺平金達的想法，也很符合穆廣現在的利益，只有把金達綁到同一條船上，他們才可以行駛得更遠。

想到這裏，穆廣便說：「你這傢伙倒是想得長遠，關於金達的家人，我所知不多，他老婆好像叫萬菊，在省裏工作。原本金達想把她調過來，可是一直沒找到合適的單位，萬菊對來海川也不積極，事情就這麼拖了下來。他倆有一個兒子，在省裏念書。」

錢總說：「那萬菊在什麼單位工作啊？他們家住在什麼地方？」

穆廣說：「他們家我沒去過，他老婆我倒是有一次聽別人說過，好像是在省旅遊局，是一個中層幹部。」

錢總說：「有單位就好辦了，我找省裏的朋友去打聽一下，看看能否找到金達在省城的家。」

穆廣笑說：「你這傢伙，看來是要攻進金達的後院啊。」

錢總說：「前面攻不破，只好抄他後路了。我會讓金達知道知道我老錢公關的手段的。」

穆廣笑笑說：「那期待你的成功了。」

兩人互看對方一眼，哈哈大笑起來，此刻他們的心情都很愉快，就像金達的老婆已經被擺平了一樣。

北京，傅華在茶藝館的雅座內，那個私家偵探小黃跟他約好了要在這裏見面。

此時傅華心中多少有些不安，他不是沒找過私家偵探，他也曾經為了調查劉康手下的馬仔小田，找過一個姓蔡的私家偵探，可是那次他覺得他是出於正義才找私家偵探的，理直氣壯。

這次就不同了，這次不管怎麼樣，總是有些私利在裏面，更別說還是找人去盯梢一個官員，所以就有些心虛。

戴著墨鏡的小黃閃進了雅座，上下打量了一下傅華，說：「我姓黃，是你找我？」

傅華點了點頭，說：「是筠姐讓我找你的，有件事情想要麻煩你。」

小黃說：「筠姐介紹的人我信得過，說吧，你有什麼事情需要我去做？」

傅華解釋說：「是這樣子，我一個朋友懷疑她的老公在外面有女人了，她自己不想出面，就委託我幫忙請你幫她調查一下。」

傅華不想告訴小黃他真實的目的，就隨便編了個理由。

小黃說：「這簡單，我就是幹這個的，交給我好了。」

傅華就把景處長的名片給了小黃，說：「就是這個人，他老婆想要把他下班之後的行蹤調查清楚，沒問題吧？」

小黃笑笑，說：「太沒問題了。」

兩人談好了價錢，傅華付了訂金，小黃收了錢，說：「你就等我電話吧。」就閃出了房間。

傅華看小黃這故作神秘的樣子，暗自覺得好笑，這些私家偵探都是喜歡藏頭藏尾的。現在事情已經安排好了，不知道景處長會不會被小黃抓住把柄啊？

心靈慰藉

關蓮捨不得跟丁益斷了聯繫，丁益是她的一個心靈慰藉，
每每她都是從丁益這裏獲得生活的動力，
才能支撐著自己繼續跟穆廣過那種沒有感情的生活。
如果沒有了丁益，她真的不知道自己還能不能在穆廣身邊撐過去一天。

穆廣一離開，關蓮就立馬起來，把自己好一番的梳洗打扮，穆廣的無用讓她心中越發渴望要去跟丁益幽會。

到了丁益的住處，敲了半天門，丁益才睡眼惺忪的打開門，看到了關蓮，淡淡地閃到一邊，讓關蓮進了屋。

關蓮察覺到情郎的冷淡，看了看丁益，有些緊張的說：「怎麼，不歡迎我來？還是你床上已經有了新歡了？」

關蓮說著，也沒等丁益回答，就直接往臥室裏走。

丁益跟在她後面，說：「我這裏除了你，沒有別的女人了。」

「我不信！」關蓮說著，推開了臥室的門，臥室裏，一床被子有些凌亂的擺在床上，從床上的睡痕來看，的確是只有一個人睡過的樣子。

關蓮鬆了口氣，笑著說：「算你乖。那你告訴我，為什麼看到我沒有高興的樣子，話說人家一早上精心的打扮，就是想過來給你個驚喜的，可看你的樣子，似乎並不歡迎我啊？」

丁益坐到床邊，看了看關蓮，說：「關蓮，你告訴我，你這個偷偷摸摸的樣子還要持續多久啊？」

關蓮愣了一下，走到丁益身邊坐了下來，說：「怎麼了？我們這個樣子不是很好嗎？」

丁益苦笑著說：「我們這樣子能叫好嗎？你這算是怎麼回事啊？你是我的女朋友還是我的情婦？你要麼就消失不見，要麼就突然在早上出現，這到底是怎麼一回事啊？」

關蓮陪笑著說：「你怎麼突然想起這些來了，當初我不是告訴你了嗎，我就是這個樣子，你如果接受不了，那我們就不要往來了。」

丁益瞅了關蓮一眼，說：「你不要用不往來來嚇唬我，跟你說，我已經厭倦你這種做法了，如果你不能給我一個合理的解釋，我們就不要往來了。」

關蓮愣住了，她是捨不得跟丁益斷了聯繫的，丁益是她的一個心靈慰藉，每每她都是從丁益這裏獲得生活的動力，才能支撐著自己繼續跟穆廣過那種沒有感情的生活。如果沒有了丁益，她真的不知道自己還能不能在穆廣身邊撐過去一天。

這也是關蓮這個女人太貪心，她想要權勢富貴，也想要青春和愛情。可是她不知道，有些時候魚和熊掌是無法兼得的。

關蓮無法跟丁益作出解釋，因此伸手抱住了丁益，媚笑著說：「別這樣子嘛，我知道我最近很少來陪你，是我不好，頂多我以後多找時間來陪陪你了。」

關蓮想用女人天生的媚功軟化丁益，讓丁益不再繼續糾纏這個話題。

丁益看了看關蓮，他的心軟了一下，這個女人總是讓他神魂顛倒，無法自已，這一刻，他很想立刻佔有她。可是他知道這個女人有著不為他所知的另一面，至今他也沒搞清楚她跟穆廣究竟是一種什麼樣的關係；還有，她究竟跟穆廣說了些什麼，竟然讓穆廣去警告傅華。

這件事情讓他很受傷，他覺得是因為自己的不檢點，給傅華造成了不必要的麻煩。丁益每次都想好好質問關蓮，可是關蓮都是匆忙而來，又匆忙而去，他連溫存的時間都不夠，就更別提去質問關蓮這種煞風景的事情了。

但是，這一次關蓮隔了很長一段時間才再露面，這讓丁益認真地思考了一下兩人的關係，越想越覺得不能再這樣子下去了，因此雖然關蓮施展媚功，丁益還是不為所動。

丁益避開了關蓮的眼睛，說：「你還沒對我做出解釋呢。」

關蓮立時僵在那裏，痛苦地說：「丁益，你不要逼我。」

丁益搖搖頭，說：「我沒覺得我逼你什麼，說實話，我覺得我對你已經十分的容忍了，沒有一個男人會不想問清楚這些問題的。」

關蓮鬆開了丁益，說：「我就知道你玩膩我了，你不想要我了就告訴我嘛，何必找這些藉口呢？」

丁益說：「我不是這個意思，你如果能給我一個合理的解釋，我還是很願意繼續跟你交往的。」

關蓮看了丁益一眼，冷笑一聲，說：「別裝好人了，你們男人都是一個德行，喜歡的時候，女人說什麼都好，不喜歡了，這樣那樣的問題就出來了。」

丁益搖搖頭說：「我不是這樣子的。」

關蓮冷冷地說：「什麼不是，我跟你一開始交往時就告訴你了，我不能跟你解釋什麼，你那時候怎麼就沒說我們不能交往了？」

丁益說：「可那個時候你沒去跟穆廣告傅華的狀，我想不明白你到底跟穆廣說了什麼，才會讓穆廣去警告傅華。」

「又是傅華！」關蓮叫了起來：「他怎麼老是陰魂不散呢？我是招他惹他了，他非要跟我過不去啊？」

丁益說：「他是為了我好，才提醒我，讓我不要跟你來往，這些話，我是信任你才會跟你說的，想不到你竟然會去跟穆廣告狀。」

關蓮火了，她瞪著丁益，叫道：「那他告訴你我和穆廣有聯繫幹什麼，還不是想挑唆我和你的關係？他為你好提醒你？難道我跟你在一起是想害你嗎？丁益，你捫心自問，我跟你在一起這麼久，可曾跟你要過什麼，或者害過你什麼？」

丁益說：「這倒是沒有。」

關蓮說：「我跟你在一起，是因為喜歡你，難道喜歡你也錯了？」

丁益說：「喜歡是沒錯的，我也喜歡你，可是我搞不懂你為什麼非要偷偷摸摸的？」

關蓮看著丁益，說：「丁益，你是真的不明白，還是揣著明白裝糊塗呢？」

丁益冤枉地說：「你這是什麼意思啊？我裝什麼糊塗？」

關蓮說：「哼，丁益，你也不是笨人，我想你在傅華告訴你我和穆廣的關係時，大概就明白我和穆廣究竟是一種什麼關係了，你之所以當時容忍下來，不說什麼，是你還沒玩夠我。現在玩膩了，正好借這個理由把我一腳踢開。行，你夠狠的！」

丁益說：「你這樣說就是誤會我了。」

關蓮直視著丁益的眼睛，說：「那你告訴我，你真的都不懷疑我跟穆廣是什麼關係嗎？」

丁益眼神躲閃開了，他無法否認他早就猜測到關蓮是穆廣的情人了。

關蓮看丁益這種神情，印證了她心中所想的，便明白自己跟丁益繼續下去是不可能了，不由得慘笑了一聲，說：

「原來只有我才是傻瓜，好，丁益，我現在就告訴你我跟穆廣真實的關係，我是他的情婦，在認識你之前就是了。這個解釋是不是很合理啊？這下你滿意了嗎？」

丁益徹底的呆在那裏，猜測是一回事，真要被當事人親口說出實情又是一回事，他不知道該跟關蓮說些什麼，趕走她，他心中不捨得；留下她，這個事實又像一根刺一樣卡在他的喉嚨裏，讓他難受至極。

半天，丁益才喃喃的說：「怎麼會是這個樣子？」

關蓮冷笑一聲，說：「好啦，別假惺惺的了，我想我再待下去也沒趣了，我走了。」

丁益心中十分的不捨，這個女人雖然是穆廣的情人，可這段時間她畢竟給他了最大的快樂，這一走，相信就再無相聚之日了，他伸手拉住了關蓮，央求著說：「別走。」

關蓮冷笑說：「幹嘛，還想睡我啊？」

丁益尷尬的說：「你能不能別說得這麼粗俗啊？」

關蓮說：「你們男人不就是想要我的身體嗎？你想要我可以直說，反正我在你眼中也高雅不起來了，你想要我，我給你，不過，再也不會是免費的了。」

丁益越發尷尬了，說：「關蓮，你別這個樣子。」

關蓮說：「我不這樣子又能是什麼樣子，難道我被人家玩膩了，一腳踢開了，我還要跟人家說：謝謝你肯玩我嗎？」

丁益無言以對，他無力地鬆開了手，說：「你走吧。」

關蓮看了丁益一眼，其實她也是萬分不捨丁益的，可是她也沒立場繼續留在這裏，便打開門，跑出了丁益的家。

房間裏安靜了下來，丁益痛苦的癱坐在床上。

他這時意識到，知道真相不一定會帶來快樂，真相常常是殘酷的，殘酷到令人無法接受。如果他不知道關蓮是穆廣情婦這個真相，此刻也許他正在這張床上跟關蓮親熱呢。可是現在他知道了真相，他對這世界所有的感覺都不對了，這種心痛是以前他從來沒有感受過的。

某種程度上，他甚至有些恨傅華，如果不是傅華多事，一再提醒他關蓮和穆廣的關係，他就不會這麼好奇的非要解開真相，也就不會這麼痛苦了。

關蓮從丁益家離開，一路含著淚回到了家裏，進了家門就趴在沙發上痛哭。失去了丁益自然是很心痛，不過，她並沒有把這場心痛歸罪於她自己腳踏兩隻船。她認為害她這麼心痛的是傅華，不是傅華，她此刻也許正高興的躺在丁益懷裏呢。

不知道哭了多長時間，關蓮的手機響了起來，關蓮也哭累了，就接了電話。電話是葉富打來的，葉富說：「關經理，你在哪裡啊，我在公司等你半天了。」

關蓮這才想起來葉富找她跟穆廣打招呼要拿地的事情，原本關蓮約了葉富在公司見面的，可是關蓮早上光顧著去會情郎了，就忘了這個約會。

這個約會，實際上是想敲定葉富的富業地產如果能夠順利拿到地，將要付出多少好處給關蓮的，這將是一筆為數不小的錢，關蓮已經在感情方面受了重創，可不想再在財富上受什麼損失，便擦乾眼淚，笑笑說：

「原來是葉總，不好意思，我剛起來，你等我一下，我收拾一下就趕過去。」

葉富說：「那你快點啊，我等你。」

葉富掛了電話，關蓮起身去洗了把臉，看看鏡子裏的自己，眼皮哭得像核桃一樣，趕忙化了妝，掩飾了一下。

匆忙趕到公司，葉富看到關蓮，疑惑的問道：「關經理，你的眼睛怎麼了？」

關蓮知道臉上的化妝並不能完全掩飾掉哭腫的雙眼，便笑了笑說：「沒事，昨晚沒睡好，眼睛就有點腫。謝謝葉總的關心了。」

葉富說：「不用說，關經理肯定昨晚出去玩得很晚，還是你們年輕人身體好啊，我就不行，過了九點就想睡覺了。」

關蓮不想跟葉富扯這些閒話，便說：「不說這些了，葉總，你的事情我給你搞定了，基本上，那塊地我能幫你拿下來的。」

葉富說：「我就知道關經理出馬，一切問題都是可以搞定的。先謝謝你了。」

關蓮笑笑說：「葉總不用客氣了，我們公司也是要收取葉總費用的。」

葉富說：「那是應該的，我今天來就是要跟關經理敲定合作協議的。」

兩人原本就談過合作的條款，就此形成了正式的協議文本，葉富和關蓮各自在合約上蓋了章。

蓋完章之後，葉富小心地將合約收了起來，說：「回頭我會馬上按照合約上的規定，把預付款匯過來。關經理，我們合作愉快。」

關蓮笑笑說：「葉總是個爽快人，和你這樣的人合作，自然是很愉快的。」

葉富也順勢稱讚說：「這也是關經理能幹啊。誒對了，關經理，我聽說市裏面準備翻新勞動局的辦公大樓，不知道關經理有沒有辦法幫我把這個工程攬下來啊？」

關蓮看了看葉富，笑笑說：「葉總啊，你的胃口倒是不小啊，剛拿了一塊地，馬上就想要承攬勞動局的辦公大樓，你是不是有點貪心啊？」

葉富不好意思說：「這不是有關經理幫我嗎？有關經理幫我，我真是有如虎添翼的感覺，我相信自己有能力同時做好這兩件事的。」

關蓮說：「你們公司能行嗎？別貪多嚼不爛。」

葉富笑笑說：「這關經理放心吧，我們富業地產建設的實力絕對是可以承攬勞動局翻新工程的。至於該給關經理的服務費用，我們也是一分錢不會少的，這下子關經理放心了吧？」

關蓮說：「那我幫你爭取爭取看看吧。」

晚上，穆廣還是忙到很晚才去了關蓮那裏，令他意外的是，關蓮這一次並沒有睡覺，而是開著燈等著他。

穆廣說：「你怎麼還沒睡啊？誒，你的眼睛怎麼了？」

穆廣也注意到了關蓮紅腫的雙眼。

關蓮扭頭不去看穆廣，說：「你別管我的眼睛了。」

穆廣心中詫異，坐到了關蓮身邊，把關蓮的臉轉了過來，仔細看了看，有些心疼地說：「怎麼會哭成這個樣子，誰欺負你了？」

關蓮說：「沒事了，你就別管了。」

穆廣說：「不行，你是我的女人，你受人欺負我怎麼可以不管呢？你跟我說，究竟發生了什麼事情？」

關蓮說：「哎呀，你怎麼非要打破砂鍋問到底呢。你別管了，我先跟你說葉富的事情吧。今天他來公司把合約簽了，還說想要承建勞動局辦公大樓的翻新工程，你看看能不能幫他爭取一下？」

穆廣說：「葉富的事情先放到一邊去，你先告訴我，你的眼睛是怎麼回事啊？」

關蓮不耐地說：「你這人煩不煩啊？」

穆廣說：「你讓我弄清楚，就不煩了。」

關蓮無奈，只好說：「好，我告訴你啦，其實這件事情也怪我耳朵尖，我今天去參加一個商家的聚會，有人在我背後指指點點，說我跟你的關係不清不楚之類的，我回來後，越想越委屈，就哭了一陣。」

穆廣說：「知不知道嘀咕你的人是哪家公司的啊？」

關蓮本來想賴到天和房地產身上，話到嘴邊還是咽了回去，她對丁益還是有一分感情的，不想給丁益找什麼麻煩，便說：「我也不清楚那些人是哪家公司的。」

穆廣把關蓮攬到了自己懷裏，安慰她說：「好啦，有些人就是愛嚼這種舌根，他們說他們的，你也別太在意了。」

關蓮嘆了口氣，說：「哥哥，你說我跟你這個樣子算是什麼啊？我跟家裏人要怎麼說我們的關係啊？我爸老是催我帶男朋友回去，我都不知道該如何回答他了。」

穆廣安撫說：「寶貝，我知道我和你的關係現在很尷尬，可是我現在有官職在身，不好離婚的。」

關蓮說：「哥哥，我不是想要你離婚，我只是覺得自己不該攪合到你的生活當中去，唉，都是因為你對我太好了，讓我控制不住的喜歡上你，這也是我自作自受。」

穆廣說：「好了，我知道你心裏委屈，我會補償你的。哼，這一定都是那個傅華給傳出來的，政壇上最愛聽八卦這種消息啦。」

關蓮心中暗自好笑，這不用她牽拖，穆廣自己就找上傅華了，她很想穆廣能好好教訓

一下傅華，就說：

「哥哥，你說傅華這種人是不是太可惡了，你才交代他辦了那麼一點事，他就捕風捉影的瞎說一氣，這種人真是需要好好教訓一下。」

穆廣嘆了口氣，說：「我也很恨這傢伙，可是我眼下拿他還真是沒辦法。」

關蓮問說：「可是他不是你手下的嗎？你怎麼會拿他沒辦法呢？」

穆廣說：「手下有很多種，有好拿捏的，有不好拿捏的。傅華這種就是不好拿捏的，他手眼通天，前段時間我本來想整他一下的，結果卻被他去省委書記面前告了一狀，害得我還要上門去給人家道歉，丟了大臉。」

關蓮看了看穆廣，心說這傢伙真是沒用，連手下的一個小兵都處理不了。

不能處理傅華，她還是有些不甘心，便又教唆著說：「哥哥，你不是一向很有辦法嗎？就不能想個別的招數出來？我就不相信這個傅華身上就一點毛病都沒有，不能隨便找個什麼理由好好整整他？」

穆廣說：「我也正在想呢，我也不相信這傢伙身上真的沒毛病，傅華，你等著吧，你千萬別讓我抓到把柄，否則我要你好看！」

關蓮眼看自己的目的達到了，便轉移了話題，說：

「哥哥，傅華的事情我們先放一邊，葉富想要參與勞動局辦公大樓的翻新工程這件事，你能不能幫他一下？」

穆廣搖搖頭，說：「這個葉富太貪心了，我不能幫他辦這麼多事，太顯眼了。市裏面也不是只有我一個領導，我插手太多，會招人忌恨的。你告訴他，慢慢來，海川市這麼大，有的是他可以做的工程，不要這麼心急。」

穆廣心裏很清楚要保住自己手中的權力，首先是要維持一種權力上的平衡，看上市裏面工程和土地招標的人，肯定不止葉富一個人，別人肯定也會找人出面打招呼的，自己如果插手太多，每一個好處都拿到自己手裏，肯定會讓別的領導心裏不滿，那樣子就會有人來找自己的麻煩。

穆廣相信一點，只有利益均沾，才能維持一團和氣，才能讓自己手中的權力更有效益。

關蓮多少有些失望，她原本以為又會有一大筆進賬的，便神色黯然地說：「是這樣子啊。」

穆廣捏了捏關蓮的臉蛋，說：「你別這個樣子了，錢是賺不完的，葉富這一筆賺不到，還有別的可以賺到啊。」

關蓮臉上這才有了笑意，她剛在丁益身上感情失意，心中就更渴望賺到更多的錢，內心中她有一種潛意識，丁益之所以輕賤她，就是因為他比她有錢，等將來她比丁益有錢了，看丁益還敢不敢這麼對待她。

隔一天的傍晚，在東海省城齊州，錢總趕到了省旅遊局，找到了他認識的一個副局長毛棟。

早期毛棟曾經在錢總老家的縣裏工作過，兩人在那時候認識，並建立起了良好的關係。這一次找萬菊倒是正好用上。

錢總事先已經跟毛棟說好了，讓毛棟安排他跟萬菊認識一下。

毛棟看錢總到了，就打電話給萬菊，說：「萬副處長，你到我辦公室來一下。」

過了一會兒，一個三十多歲的女人走進了毛棟的辦公室，錢總知道這一定就是萬菊了。

萬菊中等個子，身材苗條，一副很有氣質的樣子。錢總在心中暗道，金達找女人的眼光倒是不錯。

萬菊看到毛棟就說：「毛局長，你找我有什麼事情啊？」

毛棟笑著說：「萬副處長，我介紹你們認識一下，這位是雲龍公司的錢總，是從你丈夫治下的地方來的。」

錢總打招呼說：「萬副處長，很榮幸能夠認識您。」

萬菊說：「毛局長真是的，介紹人認識就介紹吧，在錢總面前提我們家金達幹什麼？」

萬菊嘴上雖然是這麼說，語氣中卻透露出一種驕傲，錢總心中暗自好笑，女人總是虛榮的。

兩人握了握手，萬菊笑笑說：「錢總這次到省城來，要辦什麼事情啊？」

錢總說：「也沒什麼，我跟毛局長是老朋友了，上來看看他，閒談中就就跟毛局長說起金達市長了，說金市長在我們海川市真是大有作為，把海川市搞得有聲有色的。毛局長就告訴我，金市長的夫人在旅遊局，我就很想認識一下您。」

萬菊笑了，錢總誇獎金達，讓她心裏很是受用，便說道：「錢總真是會說話，我們家金達沒你說的那麼好吧？再說，他哪裏趕得上毛局長啊，毛局長在省城守著老婆孩子，日子過得多幸福啊，哪像我們家金達，幾個月都很難得見一次面。」

毛棟聽了說：「金市長那是忙事業呢，哪像我這樣子沒出息。」

萬菊客氣地說：「一家不知一家苦啊。毛局長，你還有別的事情嗎？沒有的話，我要趕緊離開了，孩子要放學了，我得去接他。」

毛棟說：「倒沒別的要緊的事，只是錢總想請你一塊吃頓飯，怎麼樣，賞個面子吧？」

萬菊搖了搖頭，說：「不行的，我還要回去給兒子做晚飯呢，不好意思啊，錢總，我真是不能奉陪。」

錢總說：「萬副處長，你們家沒請保姆啊？」

萬菊說：「這裡好保姆不好找，再說，我自己還忙活的過來，也不需要。」

錢總搖搖頭說：「金市長這就不應該了吧，讓萬處長一個人既要工作，還要照顧孩子，太辛苦了。」

萬菊被說中了心事，金達不在家，她一個人確實是很辛苦，特別是孩子病了的時候，一個女人沒有丈夫在身邊，沒依沒靠的，心裏真的不是滋味。

萬菊笑容中有了苦意，說：「唉，這也沒辦法啊，金達有他的工作要做，我辛苦就辛苦些吧。好啦，我要走了，再不走就晚了。」

毛棟看了看表，說：「讓錢總送你去吧，你這時候再坐公車去，時間上來不及的。」

錢總在一旁說：「萬副處長沒買車啊，早說啊，走，我送你過去。」

萬菊連忙擺了擺手，說：「不用的，晚一點無所謂的，孩子可以等等的。」

毛棟打著邊鼓說：「讓孩子等總是不好，你先讓錢總送你去吧，正好他還有些旅遊上的事情想要請教你，你們可以在車上討論一下。」

萬菊說：「我能指教什麼啊？」

錢總就站了起來，說：「我們邊走邊說吧，別耽誤時間，讓孩子等我們。」

萬菊不好再推辭，跟著錢總走了出去。錢總發動了車子，讓萬菊指路，去學校接了孩子。

路上，錢總說：「是這樣子的，萬副處長，我們雲龍公司在海川開發了一個旅遊度假休閒區的小項目，有些旅遊方面的問題，我來找毛局長就是為了這個，毛局長說萬副處長是這方面的專家，就想請萬副處長給我們點意見。」

萬菊笑了笑，說：「這毛局長就會瞎說，我算是什麼專家啊？」

錢總說：「可他說萬副處長在國內旅遊市場開發處工作多年，經驗豐富，萬副處長，我可是誠心求教，還請不吝賜教啊。」

萬菊推辭說：「國內旅遊我是多少懂一些，可是談不上專家，指教就更不敢了。」

錢總笑笑說：「您太客氣了。」

萬菊說：「這也不是一句兩句話能夠說得清楚的啊。」

錢總說：「那能不能麻煩萬副處長晚上出來一起坐一坐，孩子的晚飯好解決，我讓飯店做給他吃。」

面對錢總的逼人攻勢，萬菊不禁笑說：「你這個錢總啊，真是會黏人啊。」

錢總笑笑說：「我這也是需要您給指點啊，拜託了。」

萬菊想想也沒什麼關係，就說：「好，我去就是了。」

接了孩子後，萬菊就沒回家，跟錢總直接去了齊州大酒店，毛棟也被叫了過來。

在酒店的雅座裏，錢總事先早就有所準備，把項目的設計資料拿出來給萬菊和毛棟看，徵詢兩人的意見。萬菊這才知道所謂的小項目，竟然是投資五億的省重點招商案，心中對錢總不由得有點敬意了，看來這是一個事業成功的商人啊。

毛棟和萬菊談了一些看法，兩人講完，錢總連連點頭，笑著說：「聽了兩位的建議，我真有茅塞頓開的感覺啊。幸好我跑了這一趟，真是太有用了，我回去馬上就按照兩位的意見做修改。」

萬菊不禁笑說：「錢總，你太誇張了吧，我看得出來你們的設計是找專業人士搞出來的，我跟毛局長提出來的，只不過是枝節上的一些小瑕疵而已，還不到能令你茅塞頓開的地步吧？」

錢總心說這萬菊倒是真的懂行，竟然看出來我的設計是找名家做的。

錢總笑了笑說：「萬副處長，你是有所不知啊，這個設計確實是找專業人士做的，不過，這些設計師往往只懂設計，不懂市場，你們給我的是市場方面的意見，我需要的就是能夠經得起市場檢驗的東西，我當然是受益匪淺了。」

毛棟讚嘆：「錢總你這個人啊，老是這樣，一點瑕疵都容忍不了，難怪你會這麼成功。」

萬菊聽了笑說：「原來錢總是個完美主義者啊。」

錢總說：「沒辦法，事情不做到最完美，我心裏總是不舒坦。」

討論完項目，酒宴正式開始，錢總點的菜精緻美味，他在酒桌上也很隨和，萬菊不喝酒，他也不強勸，萬菊說要早點帶兒子回去做作業，他也順應萬菊的意思，早早的就結束了這場宴會。

結束後，錢總送萬菊母子回家，到了萬菊家門口，錢總拿出了一個紅包，說：

「萬副處長，麻煩了你一晚上，這點專家費算是我的一點謝意，還希望你不要嫌棄。」

萬菊笑了，她對眼前這個商人印象很好，既成功又善解人意，她不想因為自已給了一點點意見，就去收什麼專家費。再說，她第一次跟這個商人接觸，收他的錢也不恰當。

萬菊趕忙婉拒說：「錢總，你這樣子我就不好意思了，今晚你幫我接了孩子，還請我們母子吃飯，我怎麼還能再收你什麼錢呢？何況，我也沒幫你什麼。你把錢拿回去。」

錢總笑了笑說：「看來倒是我俗氣了。」

錢總就沒再勸萬菊收下錢，把紅包收了起來，說：「那萬副處長你早點帶孩子回去吧，他還要做作業呢。」

萬菊就領著孩子下了車，笑著說：「再見了，錢總。」

錢總就調轉車頭，離開了萬菊的家。

開出一段距離之後，錢總把車停了下來，打電話給毛棟，說：「毛局長，今天晚上謝謝你了。」

毛棟笑笑說：「都是老朋友了，說謝就見外了。你把萬副處長送回去了？」

錢總說：「送回去了。」

「她收了你的專家費了嗎？」毛棟問道。

錢總說：「沒有，可能她覺得跟我並不熟吧，不好意思收。」

「老錢啊，我有點搞不明白你這是在做什麼，就是為了認識一下你們的市長夫人嗎？」毛棟納悶地說。

錢總沒有說出他真正的目的，只說：「對啊，就是認識一下而已嘛。誒，你到家了嗎？」

毛棟說：「對啊，幹嘛？」

「要不要出來玩一下？」錢總問。

毛棟想了想說：「算了吧，很累了，明天還要上班呢，下次吧。」

「那我就回海川了，海川還有一大堆事等著我辦呢。」錢總也不堅持。

毛棟說：「好，你快走吧。」

錢總沒再說話，掛了手機，讓司機往海川方向開。

望著車窗外接連閃過的路燈，錢總臉上浮起了一陣邪笑，他很滿意這一次的省城之旅，心想：這些高級知識分子也不過如此，念那麼多書，還不是一樣被我玩弄在股掌之上。

錢總這次到省城來，並沒打算對萬菊做些什麼，就像他跟毛棟所說的一樣，他只想認識一下萬菊而已。因此他算是達成目的了。

而且從萬菊下車時的笑容來看，萬菊對他的印象是極好的，這超出了錢總的預期，他沒想到這些讀書人會這麼好糊弄，這樣就對他種下好印象。這是一個好的開始。

錢總希望能夠跟萬菊有進一步的互動，他需要把萬菊拉上自己的船，首先就必須去掉萬菊心中的警惕，所以他事事順著萬菊的意思。就像獵人在打獵時，只有那種有耐心的好獵手，才能等到捕獲狐狸的機會。

北京。

傅華再次在茶藝館見到了小黃。

傅華問道：「都弄好了嗎？」

小黃笑笑說：「幸不辱命。」說著，遞給傅華一疊照片。

傅華翻看著照片，照片上的景處長，喝得滿臉通紅，跟幾個人熱鬧的說笑著，其中有一個很漂亮的女人，跟景處長顯得十分的親熱，兩人在親暱的打鬧著，然後景處長和女人上了車。

在賓館門口，兩人下了車，摟在一起進了賓館。之後就是在櫃臺開房，一起進了房間；第二天早上一起離開賓館。

照片上的兩人不但摟抱在一起，景處長還不時親著女人的臉頰、耳朵，十分親密。傅華看著這疊照片，似乎是看了一場景處長和女人上演的情人幽會的好戲。

這個景處長還真是像徐筠所說的那樣，沒幾天就露出了狐狸的尾巴。

小黃見傅華看完，問說：「怎麼樣，還滿意嗎？」

傅華點了點頭，說：「還不錯。」

傅華就與小黃結清了尾款，拿著照片回到駐京辦。

在辦公室裏，傅華開始犯難了，他想要的東西現在已經拿到手了，可是他要怎麼來使用這個武器呢？是用這個直接把景處長拉下台，還是用它來脅迫景處長通過海川重機重組的審批呢？

傅華感覺自己怎麼做都不對，他覺得自己很卑鄙。

想了半天，傅華還是沒有頭緒，這件事又不能找人商量，只好把照片先鎖起來再說吧。

晚上，傅華和鄭莉在外面吃了飯，回到笙篁雅舍，傅華給鄭莉泡了杯參茶，兩人坐到沙發上，鄭莉偎依在傅華懷裏，邊看電視邊閒聊著。

鄭莉說：「傅華，你們海川重機重組的事情有眉目了沒有？」

傅華搖搖頭說：「有什麼眉目啊，被那個景處長卡得死死的。你問這個幹什麼？」

鄭莉笑笑說：「沒什麼，就是想起來了問一問。這麼說，你最近幾天沒見那個談經理？」

傅華說：「通過幾次電話，瞭解一下情況，現在沒什麼進展，就是見面也沒什麼意思。」

鄭莉說：「那你想不想見見談經理啊？」

傅華看了看鄭莉的表情，有些懷疑地說：「喂，你是不是想設什麼陷阱給我跳啊？我跟你說，我跟談經理是單純工作上的關係，可沒別的啊，你不要胡思亂想啊。」

鄭莉笑笑說：「我就怕某些人口裏不一啊。」

傅華說：「是某些人在吃乾醋吧？」

鄭莉笑著說：「我可沒有啊。吶，這件東西你拿去。」

鄭莉從沙發後面拿出了一個紙袋，遞給傅華，傅華愣了一下，說：「這是什麼，你給我買的衣服？」

鄭莉說：「你看看不就知道了嗎？」

傅華打開紙袋，見裏面是一套女人的衣服，便說：「這是什麼，你給我女人的衣服幹什麼？」

鄭莉笑笑說：「你忘了這是那晚談經理穿的衣服了嗎，你給人家寬衣解帶了，就不想還給人家了是吧？」

傅華這才認出這是那晚談紅吐髒了的套裝，沒想到鄭莉幫她洗乾淨了。

傅華笑了起來，說：「小莉，是你給人家寬衣解帶的，要還，是不是也該你去還啊？」

鄭莉故意說：「真的嗎？我可是給你製造親近美人的機會哦。」

傅華看了看鄭莉，壞笑著說：「嘿嘿，我這一刻想寬衣解帶的可是你這個美人啊。」

說著，就去解開鄭莉的衣服，鄭莉笑著抵抗著，慢慢地架不住傅華的攻勢，成了他的俘虜……

後續效應

他又給英華時報的張輝發了一份，
希望能引起張輝的重視，插手調查這件事情。
傳華相信有媒體的干預，相關部門會更加重視這件事情的。
炸彈已經引爆，傳華現在正準備靜觀爆炸引起的後續效應了。

第二天，傅華把談紅的衣服帶上了，在辦公室處理完駐京辦的事務，就帶著衣服去了頂峰證券。

談紅正枯坐在辦公室若有所思，看到傅華來了，連忙站了起來，笑說：「你怎麼來了？」

傅華把衣服遞了過去，說：「你的衣服。」

談紅接過來，打開看了看說：「你還洗乾淨了，謝謝了。」

傅華說：「你別謝我，是鄭莉幫你洗的。」

談紅說：「那你回頭替我跟她說聲謝謝。」

傅華笑笑說：「別這麼客氣了，你剛才在想什麼，我怎麼看你在發呆啊？」

談紅苦笑說：「哎！我惹上小人了。我今年真是流年不利啊，事事不順。」

傅華詫異地問：「怎麼了？又出什麼事情了？」

談紅說：「不是又出什麼事情了，還是景處長那碼子事。我知道景處長之所以為難我們，就是因為那一晚他沒有得逞，我就想能不能找個辦法緩和一下，也許能夠解決。」

傅華笑說：「你要怎麼解決啊？難不成你要捨身陪他一晚？」

談紅臉騰地一下紅了，說：「傅華，你怎麼這麼說，如果我在你眼中是這麼賤，那天晚上你為什麼不索性放任景處長把我帶走，也省得現在這麼麻煩了。」

傅華聽了，趕忙道歉說：「對不起，我開玩笑的，我當然知道你不是這種人。誒，你最後想出了什麼解決辦法了嗎？」

談紅不好意思的說：「其實我想的辦法也挺賤的，你知道，我們公司經常處理一些交際上的事務，跟夜總會裏的不少紅牌小姐是有聯繫的，我就想再去約景處長出來，給他安排一個紅牌小姐，可能他滿足了邪欲，就會放我們一馬。」

傅華聽到這裏，笑著搖了搖頭，說：

「談紅啊，你對男人的心理真是不瞭解啊，他想要的是你，沒有得逞，他想得到你的渴望就更甚。你給他安排一個紅牌小姐肯定是不行的，你就是給他安排天姿國色的女人，恐怕他想要的還是你。」

談紅苦笑了一下，說：「還是你們男人瞭解男人，話說你們男人的心理怎麼就這麼陰暗啊？」

傅華笑說：「這也不是陰暗，想得到異性是男人的一種本能，用些手段也是正常的。你碰了釘子是吧？」

談紅嘆了口氣說：「不是碰了釘子那麼簡單，你知道發生什麼事情了嗎？」

傅華說：「發生了什麼，是不是事情變得更糟了？」

談紅點點頭，說：「開始呢，我找了我們公司一個跟景處長還能說得上話的人去約景處長，景處長告訴我們公司的人，說事情由我而起，需要我出面才能解決，讓我自己去找他。我為了解決這個問題，只好親自到他的辦公室去約他。你猜不到這傢伙會怎麼說，他竟然對我說，他沒別的要求，只要我肯陪他睡一晚，所有的事情都可以迎刃而解。」

傅華沒想到景處長竟然會這麼不要臉面地直接地提出要求來，不由得憤慨說：「無恥，媽的！虧他還是一個處長，簡直就是一個衣冠禽獸。」

談紅苦笑說：「我當時跟你的感覺是一樣的，也是十分的憤慨，脫口就罵了他幾句，沒想到這傢伙更加惱羞成怒了，威脅我說，如果我不服從他，他就讓我以後無法在證券業這一行混了。」

傅華越發憤怒，說：「他敢！這世界上還有沒有公理了？我就不信這個姓景的雜碎可以這麼橫行霸道。」

談紅搖搖頭說：「傅華，現在你不信也不行了，他已經這樣子做了。」

傅華愣了一下，說：「什麼？他怎麼做的？」

談紅說：「他放出風聲來，說只要我還在頂峰證券一天，我們頂峰證券在他那裏的案子就一個也不能過關。你知道我們頂峰目下的狀況的，潘總離開之後，公司已經是風雨飄搖了，如果再被姓景的雜碎作梗，那我們公司只有倒閉一途了，所以我們老總找了我去，問我有沒有別的辦法解決這個問題，不然的話，只好請我走人了。傅華，我怕是真要回美國去了。」

傅華明白，姓景的這個雜碎現在位高權重，他放出這個風聲，恐怕談紅被逼著離開頂峰證券之後，在別的證券公司也無法找到工作的，沒有一個證券公司能夠忽略證監會高官的意見的，這等於是給談紅下了封殺令，除非談紅回美國，不然她在國內謀生都困難。

傅華覺得自己前幾天拿著景處長被拍的照片還猶豫半天真是可笑，你對敵人仁慈，可是敵人卻並不因此就收斂迫害你的行徑，甚至變本加厲，非要逼迫你就範不可。

對待這種卑鄙的小人就應該用卑鄙的手段，以毒攻毒，不然只有等著被害的分了。

傅華冷笑了一聲，說：「談紅，你不用急著做什麼決定，你在國內發展得好好的，回什麼美國啊，你等著吧，姓景的這個雜碎威風不了幾天的。」

談紅說：「誰知道他能威風多久啊？我倒是可以不急，可是我們公司等不了啊，他們現在擔心因為我會受很大的損失，急著要趕我走呢！」

傅華聽了，說：「不行，你現在絕對不能走，我們的重組案還沒有完成呢。」

談紅笑說：「傅華，你別開玩笑了，事情都到了這種地步，你以為姓景的還會讓你有機會通過審批嗎？那個案子注定完蛋了，沒戲唱了。」

傅華搖搖頭說：「不會的，你放心吧，事情馬上就會有轉機的。」

談紅愣了一下，看了看傅華說：「傅華，你跟我說實話，你為什麼這麼有把握說事情馬上就會有轉機了？」

傅華不好告訴談紅自己已經握有景處長的把柄了，便笑笑說：「不為什麼，我只是知道物極必反，越是黑暗的時候，黎明就越是要到來了。」

談紅被逗笑了，說：「傅華，沒想到你還挺幽默的，這時候你還能說出這種不著邊際的話，我真是服了你了。」

傅華說：「我這是一種信念，我知道姓景的這雜碎肯定橫行不了幾時了。」

談紅無奈地說：「你這種信念幫不了我什麼的，姓景的可能橫行不了幾時，可是我也等不了幾天了。」

傅華勸說：「你別這個樣子，我跟你保證，你絕對不會被逼著離開的。」

談紅忍不住看了看傅華，眼神中有一種神往的意味，動情地說：「傅華，你現在這樣子真是很有男人味，男人就該是這個樣子，什麼事情都能承擔起來，我真想靠在你懷裏。」

傅華被弄得不好意思起來，趕忙笑說：「你也知道我有鄭莉了。」

談紅嘆了口氣說：「這就是我遺憾的地方了。好吧，我聽你的，只要公司不逼我辭退，我就賴在這裏，絕不離開。這下子總行了吧？」

傅華笑說：「行，你放心吧，我不會讓你失望的。」

傅華離開了頂峰證券，回到駐京辦，拿出照片，這次他不再有絲毫的猶豫，他把照片沖洗了幾份，然後往證監會、紀委各發了幾份。

發完之後，他覺得還不夠保險，擔心這些部門會想辦法掩蓋景處長的醜事，就又給英華時報的張輝發了一份，希望能引起張輝的重視，插手調查這件事情。傅華相信有媒體的干預，相關部門會更加重視這件事情的。

炸彈已經引爆，傅華現在正準備靜觀爆炸引起的後續效應了。

最初三天，風平浪靜，照片沒有引起任何的波動，傅華一度開始沒有自信起來，會不會是自己過度自信了？

第四天一早，傅華剛上班，電話就響了起來，一看是談紅的，連忙接通了。

還沒來得及問候談紅，談紅就急急的說道：「傅華，還真是被你說中了，你真厲害啊。」

傅華聽談紅這麼說，懸宕已久的心終於放了下來，看來照片的作用開始發酵了，他笑了笑說：「談紅啊，我厲害什麼，你沒頭沒腦的，到底出了什麼事情啊？」

談紅興奮地說：「就是你說的什麼物極必反啊，越是黑暗的時候黎明就越是要到了，真的耶，我當時還以為你在說笑呢，沒想到真的靈驗了。傅華，你是不是會算命啊？」

傅華笑笑說：「到底是發生什麼事了？」

談紅說：「是這樣子的，姓景的那個雜碎真的出事了。我今天早上上班就去找我們老總，想說還是辭職算了。」

傅華聽了說：「誒，你怎麼回事啊，你不是答應我要堅持的嗎？」

談紅不好意思的說：「你不知道，我在公司的日子很難挨啊，沒有人搭理，很多人都在冷眼看我什麼時候才肯離開。我也不是那種無賴的人。結果你猜怎麼著，我剛跟老總說要辭職，老總卻說不用了，那個景處長出事了，可能在證監會待不久了，讓我不要有什麼顧慮，留在公司繼續努力就好了。」

傅華高興地說：「我說姓景的雜碎必然要出事的，現在你相信了吧？」

談紅笑說：「我相信了，確實被你一語中的。你知道嗎，我找證監會的朋友問了一下，說是姓景的雜碎被人舉報，證監會和紀委收到照片，上面都是姓景的喝花酒、私下亂搞的證據。其中還有姓景的跟一個證券公司的女職員開房的照片。一開始證監會還想把事情壓下去，可是後來一個英華時報的記者介入，他到相關部門瞭解情況，調查了事情的來龍去脈，證監會一看事情遮掩不住了，加上有些領導好像也很不滿意姓景的一些做法，就決定讓紀檢部門調查姓景的，他的處長看來是幹不成了。」

傅華說：「這下好了，我們的重組案也許可以通過了。」

談紅笑笑說：「是啊，原本我還擔心這件事情完蛋了，我無法跟你們交代了呢？」

傅華說：「你還想逃到美國去呢，這下子不去了吧？」

談紅笑了笑說：「不去了，還是留在這兒比較好，特別是這裡還有這麼多好朋友。」

陸續傳出各種消息，說景處長因為這件事情被雙規了，相關部門懷疑景處長利用手中的職權，向一些證券公司索賄循私，當然景處長的罪狀中避免不了的也會有一條：生活腐化，跟很多女性有不正當的男女關係。

景處長的事情也驚動了賈昊，他打電話給傅華，問傅華知不知道景處長出事了。

傅華說：「知道了，我聽頂峰證券的人說過這件事情，這傢伙真是活該。」

賈昊似乎並不因為景處長出問題而感到高興，他說：「傅華，姓景的出事與你沒關係吧？」

傅華愣了一下，他私下調查景處長這件事只有最親近的幾個人知道，包括鄭莉和徐筠，他奇怪賈昊為什麼會這麼問。

傅華笑了笑說：「師兄啊，你怎麼這麼問，我可沒這個本事。」

賈昊懷疑地說：「真的嗎？」

傅華心虛地說：「師兄啊，你怎麼啦，我是什麼人你還不清楚嗎？我是幹這種事情的人嗎？」

賈昊聽了說：「嗯，你做事確實不是這種風格。」

傅華問：「師兄啊，是不是有人在你面前說過我什麼？」

賈昊說：「倒不是說你什麼，只是姓景的出事，證券業內盛傳，是因為姓景的得罪了一家證券公司，非要卡死這間公司的案子不可，結果惹惱了這家證券公司，找人盯梢姓景的，姓景的得罪了人卻還不檢點，結果沒幾下就被人抓到了把柄。我聽到這個說法，直覺就覺得這家證券公司說的就是頂峰證券和你們的重組案。尤其姓景的前段時間的確也放出話來，說要搞死談紅，讓談紅在這行無法存身。」

傅華沒想到懷疑的對象竟然會轉移到頂峰證券身上，不過這也是合情合理，怎麼說頂峰證券也脫不了干係。

傅華追問道：「師兄的意思是說，這件事情是頂峰證券幹的？」

賈昊說：「不是頂峰證券，一開始我也是這樣子懷疑的，後來我問了一下頂峰證券的老總，他說他們頂峰現在是夾著尾巴做人，哪裡還敢整治證監會的官員呢？他堅決否認與他們有關。」

傅華故意說：「會不會是他們做了卻不敢承認啊？」

賈昊說：「不會的，他們現在的老總我以前就認識，是一個很沒有魄力的人，這件事如果換了潘濤還在的話，倒是有可能這麼做的，現在的這位絕對不敢的。」

傅華說：「所以你就懷疑我啊？」

賈昊笑說：「事件的當事人就這麼幾個，除了頂峰證券就是你了。別的人在這件事情當中沒有利益，所以我懷疑你也很正常。」

傅華說：「師兄你這麼說可就錯了，當事人可不只你說的這些，就我們重組而言，不還有一個利得集團嗎？再說，姓景的這麼胡作非為，你怎麼能肯定他就只得罪過我們呢？說不定是他以前的仇家報復他的呢？」

賈昊聽了說：「這倒也是。」

傅華說：「我聽師兄的意思，好像對姓景的出事並不感到高興啊？」

賈昊有些擔心說：「姓景的出事，我不是不高興，只是這裏面會有些後續效應的。現在證監會因為姓景的出事搞得人心惶惶，很多人都擔心自己會不會被姓景的咬出來。」

傅華問：「師兄是不是也在擔心啊？」

賈昊趕忙說：「當然沒有了，我已經被調查過了，如果有問題，早就進去了。」

雖然賈昊矢口否認，可是傅華卻從他說話的語氣感受到賈昊說話沒有什麼底氣，傅華知道賈昊上次能從調查中脫身，是因為關鍵人物潘濤意外死亡，調查沒有線索才中斷的，因此不能說賈昊心中就沒鬼。

賈昊在證監會工作多年，跟其中很多人都有著千絲萬縷的聯繫，大概他是擔心景處長會咬出他的朋友來，再次牽扯到他吧。

這個後續效應倒是傅華事先沒想到的，傅華不想去拆穿賈昊心中在想什麼，就笑了笑說：「師兄不擔心是最好的了。對了，師兄有沒有幫我問一下，景處長出事了，我們重組的案子是不是就沒問題了？」

賈昊不禁罵說：「你傻子啊，這時候我敢去問這件事情嗎？你這不是送上門去讓人懷疑你嗎？」

傅華一想也是，本來那些人就懷疑姓景的出事與這個重組案有關，這時候再急吼吼的去催這件事情，就更加坐實了人們心中的懷疑。看來這個重組案暫時還是不能啟動。

傅華心說這個案子還真是命運多舛，自己費盡心機還是無法馬上就得到解決，有些失望的說：「這樣啊？」

賈昊勸說：「你也別急，就算沒這個顧忌，他們的人員也需要重新調整的，你還是等這個風頭過去再來弄這件事情吧。」

傅華也沒有別的辦法，只好把事情先放一放了。

過了一天，談紅打電話來，也跟賈昊同樣的意思，說是公司讓她暫時先把海川重機的重組案先放一放，現在行內都在懷疑頂峰證券與景處長被雙規有關聯，這時候再追著證監會辦這件事情不太合適。

傅華心理早有準備，因此也並不意外，就表示同意暫緩的這種做法。聽傅華同意頂峰證券這麼做，談紅鬆了口氣，說：「謝謝你肯理解我們公司。我被這件事情弄得頭都大了，這件事情從一開始就不順利，到現在，明知道什麼障礙都沒有了，可是還是無法完成，我也真是敗給它了。」

傅華笑笑說：「可能是時機不到吧。」

晚上，傅華和鄭莉一起去鄭堅家吃飯。

傅華想跟鄭堅談一談安德森公司生產基地的事情，海川重機的事情暫時無解，傅華就想趕緊把安德森公司的事情處理好。

周娟做的晚餐很豐盛，幾個人坐在餐桌上邊吃邊聊。

傅華問鄭堅說：「叔叔，湯姆那邊有沒有什麼消息啊？」

鄭堅聽了，笑說：「我就知道你來吃飯沒那麼簡單。」

傅華說：「我是來陪叔叔阿姨一起吃飯的，順便問一下安德森公司的事情嘛。」

鄭堅笑笑說：「算你小子會說話。事情我幫你問了，可是情形並不樂觀。」

傅華愣了一下，說：「叔叔，你不是說只要湯姆做一做董事會的工作，就沒事了嗎？」

鄭堅說：「我原來是這麼想的，湯姆也是親口跟我這麼說的，不過事情比想像中的要複雜些，一方面湯姆低估了Tony在公司董事會的影響力，董事會中一些比較保守的董事都站在Tony一邊；另一方面，董事會有些人認為既然已經跟海川方面鬧僵了，就沒必要再接觸了，再去主動跟海川方面接觸，意味著降低了安德森公司談判的砝碼，也不利於安德森公司掌握主動權。中國這麼大，可以選擇別的地方投資，不一定非要綁死在海川這個地方。所以總體上而言，安德森公司的董事會傾向於否定海川這個選擇。」

傅華著急地說：「怎麼會這個樣子呢？湯姆也不早點跟我們說明這個情況，他們公司不願意主動跟我們海川聯繫，我們可以登門去拜訪他們嘛。我相信只要我們展現誠意，他們最終還是會接受海川的。」

鄭堅笑了笑說：「小子，事情可不是像你說的那麼輕鬆的，如果你們海川真有誠意，起碼該由一個市級領導出面到美國拜訪他們公司的，這你能說了算嗎？」

傅華說：「我說了不算，可是我可以請示上級領導啊。」

鄭堅說：「那你請示完可以去了，再來跟我談吧。」

傅華說：「那你跟湯姆說，讓他儘量拖延安德森公司董事會一下，我會儘快做出安排，請市領導去他們公司拜訪的。」

鄭堅說：「行，這點我可以辦到，你儘快安排你的事情去吧。」

晚餐結束後，傅華送鄭莉回去。笙篁雅舍的裝修已經開始，傅華也搬到趙凱家裏去住了。這反而讓兩人的相聚增加了一些阻礙。

兩人在鄭莉那裏纏綿了好一會兒，傅華回到趙凱家時已經很晚了。

他開了門後，就想趕緊溜回房間裏睡覺，沒想到趙凱正在客廳看電視，他便走了過去，說：「爸爸，您還沒休息啊？」

趙凱說：「我剛回來，還不想睡，坐下來陪我聊一會兒吧。」

傅華坐到了趙凱旁邊，笑笑說：「您是應酬誰，應酬到這麼晚啊？」

趙凱說：「是公司一個很重要的客戶，我不親自出馬不行。」

傅華笑笑說：「其實您可以慢慢帶小淼出去應酬一下這些事情了，老是您自己出面會很累的。」

趙凱搖了搖頭，說：「小淼現在還不行，而且他現在整天跟章鳳黏在一起，不願意接觸公司這邊的事情。你倒是可以幫我分憂，可惜你不肯放棄你那個駐京辦主任的位置。」

傅華笑了笑說：「我這個人是自在慣了。」

趙凱說：「不說這些了，傅華，我今天從朋友那裏聽說了一件事情。」

傅華說：「什麼事情啊，與我有關嗎？」

趙凱點頭說：「與你有關，我聽說證監會一個姓景的官員被人舉報了，而這件事情起因，是因為姓景的卡住了你們一個企業的重組案子。」

傅華笑說：「原來爸爸聽說的是這件事情啊。」

趙凱說：「這件事是朋友無意中說起的，我一聽到海川兩個字，就知道這件事與你有關，就詳細問了問情況。」

傅華感動地說：「爸爸，您還是這麼關心我。」

趙凱嚴肅地說：「不光是關心這麼簡單，有一個問題我很好奇，傅華，你能不能告訴我，姓景的究竟是誰舉報的？」

傅華沒想到趙凱會突然問出這個問題來，他呆了一下，他對趙凱可無法像對賈昊那樣，趙凱一直待他如子，他在趙凱面前是不能撒謊的。

傅華看了看趙凱的表情，趙凱表情很平靜，看不出什麼來，便試探性的問道：「爸爸，您問這個幹什麼？」

趙凱說：「傅華，你看我的眼神是在躲閃的，這麼說，這件事情真是你做的了？」

傅華尷尬地說：「被您看出來了，這件事情確實是我做的。您問這個，是不是這件事情牽涉到您什麼了？」

趙凱搖搖頭，看著傅華說：「是與我無關啦，我不過是為你擔心罷了。傅華，你現在還好吧？」

傅華不解地說：「爸爸，你怎麼這麼問啊？」

趙凱語重心長地說：「為了自己業務上的便利而舉報別人，這可不是你一向的做事風格啊。你要知道，這種手段雖然是快捷有力，但是它的後患也是無窮的，你這等於是毀了那個官員的一生啊，你做完這件事情之後，心裏沒有什麼歉疚嗎？」

傅華苦笑了一下，說：「在這麼做之前，我也猶豫了很久，可是對方有些事實在做得太過分了，讓我不得不這麼對付他。」

傅華就說出了事件的整個經過，特別是景處長威脅談紅的事。

趙凱聽完，說：「這傢伙也太肆無忌憚了！」

傅華說：「這麼說，爸爸是理解我這麼做的了？」

趙凱搖搖頭說：「我可以理解你這種立場，不過，並不代表我就贊同你的做法，傅華，你這樣做是很危險的，你已經背離了你原本一直在堅持的東西。你這是在不擇手段，知道嗎？你這樣子跟那個姓景的有區別嗎？」

傅華苦笑說：「還是有區別的吧，起碼阻止了姓景的繼續害人。」

「我想你就是這麼說服自己的，但是事情不是這麼簡單的，我不是說姓景的不應該受到懲罰，而是你用這種手段是錯誤的。如果大家都隨便用這種手段對付別人，那這個社會還有什麼規則可言？大家也不需要努力去做事了，你抓我的把柄，我抓你的把柄就好了。」趙凱教訓說。

傅華低下了頭，他知道趙凱說的是對的，便說：「對不起，爸爸，我知道自己做錯了。」

趙凱笑了笑說：「算了，我只是想提醒你一下而已，平心而論，你也沒做錯什麼，不過這種非常手段太過高效，我怕你走慣了這條路，以後再做事，就會先選擇使用這種方法，那樣你早晚會為此付出代價的。」

傅華不由得想起了張凡跟他說的那個小偷的故事，他會不會就像那個偷慣了的小偷一樣，無法停下偷竊呢？

傅華驚出了一身冷汗，如果不是趙凱提醒他，他大概還會樂在其中而不自知呢！他立刻點點頭，說：「我明白您的意思了，我會克制自己的。」

趙凱說：「我相信你應該有這種自制能力。」

第二天，傅華一早去了辦公室，就打電話給張琳，跟張琳彙報了安德森公司的事出現了轉機，ＣＥＯ湯姆仍想把生產基地設到海川來，可是公司那邊有些阻力，他想說市裏面是不是可以派個領導到安德森公司總部做些說服工作。

張琳聽完，考慮了一下，然後說：

「派領導去做些遊說的工作是可以的，但這個工作不適合由黨委這邊去做，你應該明白，美國人搞不清楚我們的領導體制，他們更相信的是市長，這需要市政府那邊出面比較好。」

傅華說：「那我跟金達市長報告，看他是什麼意思。」

張琳說：「行，你跟金達同志彙報一下，看市政府方面的意思，如果他們不同意，我再來幫你溝通。」

傅華說：「好的。」

傅華就打電話給金達，金達一接通電話就興奮地說：

「傅華啊，你真的應該跟我到下面來跑一跑，我到基層之後，才發現很多東西跟我們當初設想的很不一樣。」

傅華笑說：「我們那是紙上談兵，只有跟實際狀況結合起來，我們的構想才會有實現價值的。」

金達說：「對對，我這次真是收穫很大。誒，你什麼時候回來一趟吧，我們再一起好好研究研究，幫我修正一下當初的海洋戰略的構想。」

傅華很欣慰金達的這種變化，這說明金達開始腳踏實地的去研究海川的現狀了，只有這樣，金達才能去為海川市民做一些實事。

傅華便說：「我什麼時候回去，還不是領導們一句話的問題嘛。」

金達笑說：「別這麼說，最好是你什麼時候有事回來，順便幫我出出主意。對了，你找我有什麼事啊？」

傅華說：「是這樣，安德森公司的董事會對我們海川市有些成見，我在想市裏面是不是可以派人去美國溝通一下，剛才我跟張書記通了電話，他也同意我的想法，認為這件事情由市政府出面比較好，所以想請示您，看要怎麼辦？」

金達想了想說：「這倒是，這件事情由市政府派人過去也是應該的。不過派誰去呢？」

傅華很擔心金達會派穆廣去，他現在對穆廣很反感，擔心穆廣去美國，不但不能對事件有幫助，反而會起反作用。再是穆廣本身的學歷不高，在這樣的國際場合，怕是也不會太受歡迎的。相反，金達這種學術出身的官員，有國際視野，在美國人眼中會很受重視。傅華希望最好是由金達親自帶隊去美國。只是不知道金達肯不肯？

傅華試探的問道：「金市長，您不能親自跑一趟嗎？」

金達猶豫了一下，說：「我去啊？那我這次的調研可能就要中斷下來了。」

傅華聽金達並沒有抗拒的意思，便笑笑說：「調研隨時都可以再進行，反而是安德森

公司的事可不能拖太長時間，也許他們很快就會作出新的決定的。」

金達想想也是，便說：「那就我去吧，我馬上跟張書記溝通一下，先停止調研活動，去處理安德森公司的事情吧。」

傅華又問：「那我跟安德森公司的人該怎麼說？」

金達說：「你等我跟張琳同志彙報完再答覆對方吧。」

傅華說：「好的。」

金達就跟張琳做了溝通，張琳也很贊同由金達親自跑一趟美國，金達是研究生，學識水準高，到美國去不會給海川丟人。

金達就通知傅華，說確定由自己帶隊去美國，讓傅華也跟著參加。傅華就通知了湯姆，湯姆很高興，表示十分歡迎海川市長到訪他們安德森公司的總部。

沒多久，安德森公司就給海川市府發來邀請函，邀請金達一行人到訪它們的總部。金達便趕回市政府，查閱了很多安德森公司的資料，做好了一切必要的準備。

臨行前，金達先回了一趟在省城的家。萬菊看他回來很是高興，做了一桌子的好菜，一家三口坐在一起高興的吃著飯。

閒聊中，萬菊說：「老公，我前段時間還幫你們海川市做了一件好事呢，你要怎麼謝我啊？」

金達詫異地說：「什麼好事啊，我怎麼從來沒聽說過啊？」

萬菊笑著說：「我為你們海川市的企業免費服務了一次，這算是好事吧？」

金達愣了一下，說：「是什麼企業啊，為什麼會找到你們旅遊局去？是不是專門去找你的啊？」

金達是擔心有些企業別有用心，知道萬菊是他的妻子，想要借此跟自己搭上關係，不由得就有些警惕。

知夫莫若妻，萬菊馬上就猜到金達在想什麼，笑笑說：「你別疑神疑鬼的了，是擔心我跟你這個大市長沾光是吧？我都跟你講了，那是免費的了。」

金達擔心說：「我不是不相信你，而是現在的商人們花花腸子太多了，他們會想盡辦法跟我們這些官員搭上關係，你還是小心點好。」

萬菊本來是想跟丈夫表功的，沒想到卻被丈夫潑了冷水，臉不由得沉了下來，說：「你這人真沒意思，好不容易回家一趟，還一副教訓人的嘴臉，好像我做了什麼錯事一樣，不跟你說了。」

金達看萬菊生氣了，也覺得自己有些過分了，趕忙陪笑著說：「對不起，我不該這麼說的。謝謝夫人啦，你這也是支持我的工作。來，我敬你一杯，以示感謝。」

萬菊這才轉怒為喜，說：「這還差不多。」

兩人碰了一下杯，各自喝了一口紅酒。

而萬菊究竟是為哪家企業做了服務，金達卻沒再深究，自然也就無從得知找萬菊的是雲龍公司的錢總。

如果他知道的話，可能錢總的如意算盤就打不響了。可惜的是，有些時候，事情偏偏就是這樣陰錯陽差。

休士頓，美國第四大城市，位於德州東南，墨西哥灣平原上部。

一八三六年，地產商艾倫兄弟購下兩千六百九十公頃土地開發建市，以當時的德克薩斯共和國總統山姆·休士頓的名字命名這座城市，休士頓由此得名。

休斯頓也是國際著名的金融貿易中心，有五百多家商業銀行以及證券交易機構。全世界最大的五十家銀行中，有近四十家在此設立分行或代表處。

這裏也是著名的NBA休斯頓火箭隊的主場所在地。此外，美國最大的航太中心詹森航空中心也坐落在這裏，所以這裏也有「太空城」之稱。

然而，這些還不是最令金達感興趣的地方，最令金達感興趣的是，這裏是美國的海洋科學研究中心。

美國七十多家海洋研究機構，有一半在這裏設立總部，金達很想有機會能夠參觀一下這裏的海洋科研機構，看看有沒有什麼可以帶回海川市的經驗或借鏡。

經過了一天時差之後，金達和傅華一行人終於坐到了安德森總公司的會議室，湯姆和Tony帶著董事會的人已經等候在那裏了。

湯姆雖然是滿臉笑意，可是傅華還是感受到陣陣的寒意。

他對今天的會面，心中很沒有底氣。這不比在海川跟安德森公司的會見，海川是他和金達的主場，使用的語言是中文，他和金達都能從容自若。

可這裏是安德森公司的主場，使用的語言是英語，傅華勉強可以聽得懂，可是讓他流利的使用英語跟安德森公司的人交談還是有些困難的。更何況還有一個本就有敵意的Tony在場。

這將是一場非常艱困的戰爭，想要贏，必需要付出極大的努力才行。但是，這是一場非贏不可的戰爭。

傅華看了看自己這一方的主將金達，今天的金達看上去倒是鎮靜自若，一副旁若無人的樣子，這讓傅華多少鬆了口氣。

簡單的介紹之後，雙方的人馬相對而坐，會談正式開始。

首先由金達開始，他一開口，傅華的心就落到了實處，金達一口流利的英語，一下就把安德森公司董事會的成員給吸引住了，目光都集中在金達身上。

金達先對安德森公司的接待表示了感謝，又將他對休斯頓的認識洋洋灑灑的說了一大篇。

金達對休斯頓這座城市如數家珍，讓Tony這個對中國一向很有成見的人也很高興。看來那句俗語還真是對的，千臭萬臭馬屁不臭，金達這個洋馬屁算是搔到了Tony的癢處。

除了Tony，其他董事會的人臉上也浮現出了笑容，看來金達成功地擄獲了美國人的心。

之後，金達話鋒一轉，開始介紹起海川市的情況。他依照安德森公司的需求，陳述了海川所具有的優勢，不時用電腦放出幻燈圖片配合，讓安德森董事會能夠有更全面立體的感受。

接著，金達提到海川市存在的一些不足，特別提到了上次安德森公司去海川時遇到的那次臨檢事件，金達強調那是個別員警的不法行為，而且是一個偶發的事件，作為行政管理部門的首長，他自然是有責任的，可是對這種偶發事件，行政管理部門也很難第一時間就處理，只能事後再來處理。

Tony聽了，忍不住插嘴說：「金市長，我覺得這是強詞奪理。」

金達笑說：「Tony先生，我這不是強詞奪理，對警察的管理並不僅僅是我們中國有問題，你們美國也是一樣有問題的。」

隨即金達就講了最近美國才剛發生的因種族歧視而爆發的警民衝突事件，然後說：「我想Tony先生大概也不能根據這個事件，就說美國警察全部都是紀律敗壞、不講人權的吧？」

金達引用這個事件，讓Tony無言以對，只好笑著聳了聳肩，大概也接受了金達的這種解釋了。

金達之後接著說：「我要講的，大體上已經講完了，各位如果還有什麼疑問，可以向我提問，我會有問必答的。」

這時候，全場的人，包括傅華都已經被金達折服了，湯姆帶頭鼓起掌來，Tony開始還有些放不下架子，可是看全場人都跟著鼓掌，慢慢也跟著鼓起掌來。

此刻，傅華對金達有了一個全新的認識，金達的表現，充分顯示他做了嚴謹的準備，以及對社會時事的全面掌握。證明了他是一個有能力、有水準的領導。

會議暫時中止，金達和傅華一行人被請到另一個房間去休息，接下來，安德森公司董事會內部要商量一下，是不是要重新開啟跟海川市政府的談判。

金達有些不自信了起來，看看傅華，說：「你覺得怎麼樣，安德森公司的人被我說服了嗎？」

傅華笑說：「金市長，我無法跟你保證安德森公司的人一定被你說服，可是我認為您已經做到了最好的程度，如果安德森公司仍然不選擇我們，那就是天意如此了。」

金達不敢置信地說：「我表現有那麼好嗎？」

傅華點點頭說：「真的是太好了，我看Tony也是心服口服的。我沒想到你的英語竟然這麼流利，可以把自己的意思表達的這麼到位，我當時心裏都為你喊了一聲讚呢。」

金達笑說：「傅華，你怎麼也學會拍馬屁了？」

傅華說：「我可是由衷而發的。」

金達說：「我這也是背水一戰啊，如果我這個市長勞師動眾的來到美國，卻仍然不能把安德森公司請回到談判桌上去，我不好交代啊。」

傅華知道金達的心理壓力很大，便笑著說：「我想應該沒問題的，金市長，您就放心吧。」

金達說：「希望了。傅華，不管怎麼樣，我們總是來了休斯頓一趟，回頭問一問湯姆，有沒有辦法安排我們參觀一下這裏的海洋科技園，這個科技園是世界海洋經濟龍頭科技園，特別在海洋高科技研究及開發方面，集中了美國頂尖的海洋科研力量，我這次走基層實地調研，對我們海川市的海洋產業有一種感覺，我們要跟人家學習的東西太多，我們自己的研發能力太弱，這一塊必須趕緊予以強化，否則我們的海洋戰略永遠趕不上世界先進水準。」

傅華贊同的點了點頭，說：「回頭我就去跟湯姆溝通一下，讓他儘量安排我們參觀休斯頓的海洋科技園。」

兩人正閒聊著，湯姆和Tony一起走了進來。

湯姆笑著說：「金市長，我們董事會都被你的學識和風度折服了，他們說有這樣一個優秀的市長在海川主政，我們對海川沒有什麼可以懷疑的，於是一致同意重新啟動跟你們的談判。」

金達終於鬆了口氣，跟湯姆和Tony握了手，說：「謝謝你們信賴我，請你們放心，我們海川市不會讓你們失望的。」

湯姆說：「那我們就期待跟你們的合作了。」

請續看《官商鬥法》十八 神魂顛倒

官商鬥法 十七 巨額利益

作者：姜遠方
發行人：陳曉林
出版所：風雲時代出版股份有限公司
地址：105台北市民生東路五段178號7樓之3
風雲書網：http://www.eastbooks.com.tw
官方部落格：http://eastbooks.pixnet.net/blog
Facebook：http://www.facebook.com/h7560949
信箱：h7560949@ms15.hinet.net
郵撥帳號：12043291
服務專線：(02)27560949
傳真專線：(02)27653799
執行主編：朱墨菲
美術編輯：風雲時代編輯小組

法律顧問：永然法律事務所 李永然律師
北辰著作權事務所 蕭雄淋律師

版權授權：蔡雷平
初版日期：2016年1月
初版二刷：2016年1月20日
ISBN：978-986-352-237-9

總 經 銷：成信文化事業股份有限公司
地　　址：新北市新店區中正路四維巷二弄2號4樓
電　　話：(02)2219-2080

行政院新聞局局版台業字第3595號 營利事業統一編號22759935

定價：280元　特惠價：199元

國家圖書館出版品預行編目資料

官商鬥法／姜遠方 著. -- 初版. -- 臺北市：
風雲時代，2015.01 -- 冊；公分

ISBN 978-986-352-237-9（第17冊；平裝）

857.7　　104011822